TEMPOS DE JOSUÉ
100 ANOS DE JOSUÉ GUIMARÃES

Livros do autor publicados pela **L&PM** EDITORES

A ferro e fogo I (Tempo de solidão)
A ferro e fogo II (Tempo de guerra)
Depois do último trem
Os tambores silenciosos
É tarde para saber
Dona Anja
Enquanto a noite não chega
O cavalo cego
O gato no escuro
Camilo Mortágua
Um corpo estranho entre nós dois
Garibaldi & Manoela
As muralhas de Jericó

INFANTIS

A casa das quatro luas
Era uma vez um reino encantado
Xerloque da Silva em "O rapto da Doroteia"
Xerloque da Silva em "Os ladrões da meia-noite"
Meu primeiro dragão
A última bruxa

JOSUÉ GUIMARÃES

DEPOIS DO ÚLTIMO TREM

L&PM
EDITORES

Texto de acordo com a nova ortografia.

1ª edição: José Olympio, 1973
2ª edição: L&PM Editores, em formato 14 x 21 cm, em 1979
11ª edição: verão de 2021

Capa: Ivan G. Pinheiro Machado
Revisão: L&PM Editores

CIP-Brasil. Catalogação na fonte
Sindicato Nacional dos Editores de Livros, RJ

G978d
11. ed.

Guimarães, Josué, 1921-1986
    Depois do último trem / Josué Guimarães. – 11. ed. – Porto Alegre [RS]: L&PM, 2021.
    144 p. ; 21 cm.

ISBN 978-65-5666-129-2

1. Ficção brasileira. I. Título.

21-68493   CDD: 869.3
                           CDU: 82-3(81)

Leandra Felix da Cruz Candido - Bibliotecária - CRB-7/6135

© sucessão Josué Guimarães, 1995

Todos os direitos desta edição reservados a L&PM Editores
Rua Comendador Coruja 314, loja 9 – Floresta – 90.220-180
Porto Alegre – RS – Brasil / Fone: 51.3225.5777

Pedidos & Depto. Comercial: vendas@lpm.com.br
Fale conosco: info@lpm.com.br
www.lpm.com.br

Impresso no Brasil
Verão de 2021

A ERICO VERISSIMO,
o amigo de todas as horas,
grande mestre,
bom e generoso, terno,
um coração que não cabe no peito;
tantas qualidades que encontraram
na tranquila Mafalda
a resposta perfeita.

Para ambos,
o meu amor
e a minha admiração.

As águas sulcam o rosto
das coisas, roem
a sombra gasta dos homens.
O que a pedra guarda no covo
é puído pelas águas.

> *Carlos Nejar*
> *O campeador e o vento*
>
> (Canto II)

I

O trem apitou, Eduardo deu uma olhada pela janela e viu que faltava menos de um quilômetro para atravessar a ponte sobre o Jacuí, numa zona baixa de campo onde caçavam perdiz. Era só atravessar a balsa, a cachorrada inquieta, as velhas espingardas de dois canos. Ao rever aquele pedaço de terra teve a sensação de enxergar seu pai e o dono do bar Minuano, um homenzinho barrigudo de gorro de lã enfiado até as orelhas, Seu Zeno; o sargento da Brigada Militar e comandante do Destacamento de Polícia, Euzébio Machado, cem quilos de uma mistura de índio com branco, bigodes caídos nos cantos da boca, palheiro nos beiços ou enfiado atrás da orelha; o Dr. Euríclides, juiz de paz, casado com uma mocinha de grandes peitos e olhar sonolento. Quando menino, Eduardo acompanhava as caçadas para carregar os cachorros – não havia um perdigueiro entre eles – e dava um duro no trabalho, voltando para casa, ao cair daquelas frias noites, mais morto do que vivo, sem ter dado um tiro de bodoque. Parecia, agora, tudo no mesmo lugar, as mesmas árvores, as cercas e os caminhos. Ao cruzar a ponte de ferro viu o prédio amarelo, a placa descascada, as letras em alto-relevo, negras, "Estação Abarama". O casario da Baixada, uma zona alagadiça com seu amontoado de favelas de tábuas e pedaços de lata, tudo gente da beira-rio, os moleques embarrados jogando futebol; onde andaria àquelas horas o Edmundo Pescador, o primeiro sujeito que vira com longas barbas de profeta, delegado encanzinado de sua gente? Vivia bebendo nos bares, dando socos no balcão, "um dia a nossa gente descobre a força que tem". Bêbado, não tropeçava e nem andava em zigue-zague, era uma reta só até a Baixada.

Olhou para todo o vagão, era o único passageiro. Não se lembrava de ter visto sequer o chefe do trem. Quando a máquina deu a última resfolegada, reparou que também a estação estava vazia. Espiou por uma das janelas e deu com a figura roliça do tio Lucas na sua escura salinha. Lá estava ele, aquela sempre fora a sua vida, os punhos do casaco protegidos pelas meias-mangas de pano preto, óculos redondos de aros de metal e a pala de plástico verde protegendo os olhos míopes do bico de luz que descia do teto. Estava de pé, batucando no manipulador morse, inquieto sempre que o trem chegava, mesmo que pouca gente desembarcasse ou que quase nada houvesse para descer. Algumas malas e caixas, cestos, jacás de galinha, amarrados e trouxas. Pois embora deserta a estação, lá estava ele, miudeiro e difamador, viúvo havia mais de trinta anos, sabiam que a mulher morrera de desgosto e dela não lhe ficara nem a lembrança. Desconversava quando a mãe de Eduardo falava na falecida, puxava outro assunto, levantava-se, saía. Que soubesse, aquela estaçãozinha não conhecera outro chefe. Na verdade não dava muito trabalho, o trem nem sempre parava ali, a não ser que houvesse carga ou algum passageiro para chegar ou para sumir de Abarama.

  Adivinhava os olhinhos azuis, movediços, maldosos, as bochechas gordas e caídas, uma espécie de subserviência que sempre lhe causava náuseas. Caminhou para a porta, desceu, carregava na mão uma valise forrada de lona, uma sacola e um guarda-chuva desbotado. A princípio ficou em dúvida se devia ou não falar com ele, ou se ia direto para casa. Depois pensou, dez anos são um bom pedaço de tempo, quanta coisa poderia ter acontecido nesse lapso de vida, chegar assim de uma hora para outra; no fundo com medo de que alguém houvesse morrido, de que talvez nem fosse bem recebido. Foi quando começou a ver gente entrando e saindo pelas portas, homens e mulheres estranhos. A estaçãozinha ganhava movimento, o silêncio fora quebrado de repente. Viu que passava do meio-dia, o estômago vazio pedia comida. Vislumbrou através de toda aquela gente buliçosa o bar deserto com as mesinhas cobertas por toalhas pardas e remendadas. Sabia que as encontraria do mesmo jeito, as velhas manchas de café e de gordura, os palitos encardidos em xícaras de asa quebrada.

 Tio Lucas parou na portinhola e ficou passando a mão na cara macilenta. Os olhinhos vasculharam a plataforma, fingindo que fiscalizava alguma coisa, hora em que assumia certa importância. Eduardo ficou onde estava, antegozando a surpresa do velho. Não gostava dele, sua memória lhe dizia isso. Alguma coisa dentro de si repelia o velhote. A bem da verdade, sempre tivera desprezo por ele. Mas era irmão de seu pai, tinha o sangue da família nas veias. Quando saíra dali ele devia andar pela casa dos cinquenta anos, diabético e cardíaco, e agora o encontrava como o havia deixado, parecia não ter envelhecido um ano sequer. Escrevera nesse período longas cartas para casa, contava coisas, perguntava por outras, depois as rasgava uma por uma, com remorso, ou metia as que sobravam numa gaveta qualquer, dava um sumiço. Nessas ocasiões decidia: "Vou voltar, chega de correr mundo, é sempre melhor junto com a família", num lugar onde todos o conhecessem pelo nome. Afinal, tinha 25 anos quando embarcara num trem igual, num dia assim, aquele céu claro, com a impressão de que até a gente, naquele momento, era a mesma.

Começou a pensar na família. Como andaria a mãe? Hipertensa, o médico dizia: "A senhora tem coração-de-boi, mas vai viver mais do que muita gente". Cidinha, com 28 anos, ainda namorava no portão, sua mãe desculpando que era coisa de moça e seu pai reclamando que moça de família não andava de agarramento na porta, feito cadela. Cidinha teria casado? Vai ver, pensou, está com uma penca de filhos. O irmão Alfredo ajudando nas despesas da casa, bancário e solteirão, magro como um pau de virar tripa, comendo meia dúzia de ovos cozidos e plantando bananeira em cima da cama para enfiar uma cinta própria para quem tem estômago caído. E o velho tio Lucas, o salafrário, filando o almoço e chegando para o café com leite da noite, com mexericos de toda a gente na ponta da língua. Contava as novidades trazidas pelo aparelhinho irritante da estação e se aproveitava para inventar outras, sempre difamando, descobrindo coisas. Eduardo, naquele tempo, ficava horas, como que hipnotizado, assistindo ao velhote bater no morse; tudo um mistério, a salinha com baterias de vidros cheios de sulfato de zinco, ligados uns aos outros por meio de fios de cobre que lembravam os tachos dos ciganos. O tio julgava-se com o direito de vasculhar a vida alheia, inventando histórias sobre mocinhas e mulheres casadas. E sempre que a mãe reclamava ele dizia, com um ar cínico de doer, que na verdade não vira nada, não queria jurar, apenas repetia as coisas que comentavam por aí. Um dia – Eduardo devia andar pelos seus quinze anos – um rapaz se postou à frente do velho, braços cruzados, falou qualquer coisa que ele não ouvira. Tio Lucas, ao tentar escapar, recebera uma sonora bofetada e ficara gritando no meio da rua: "Em velho não se bate, covarde, eu sou um homem velho e doente". Ele andara falando da noiva do rapaz. Um praça da Brigada que estava na porta do Minuano viu a cena, olhou para a copa das árvores, deu meia-volta e entrou para beber qualquer coisa. Eduardo continuou como se não tivesse visto e nem ouvido os seus gritos.

O velho, agora, caminhava até o fim da gare, lá se demorou falando com o maquinista. A barriga enorme e as perninhas curtas voltaram sem pressa. Estacou sob o relógio de números romanos, pegando a corda do sino, e esperou um pouco para saber se tudo corria bem. Deu duas badaladas, ouviu-se um estranho apito e a locomotiva resfolegou cansada, soltando um jato de vapor, logo depois dois ou três mais curtos e voltou a bufar com lentidão. Ferros rangeram, os vagões se chocavam e a composição começou a arrastar-se sobre os trilhos. Eduardo ficou ali como alguém que houvesse perdido o trem numa estação desconhecida, sentindo-se abandonado e medroso.

Tio Lucas retornou. Ao passar pelo sobrinho, espremeu os olhinhos míopes atrás das lentes; quando Eduardo achou que não fora reconhecido ele voltou assustado, encarando-o incrédulo. O rapaz não fez um gesto. O velho aproximou-se com passinhos saltitantes, ficaram frente a frente.

– Eduardinho?

Ele fez que sim com a cabeça. Achou que o tio fosse estender o braço e lhe bater nas costas, amigável. Mas apenas tocou na pala de plástico, suspendendo-a sobre a cabeça calva, como quem atira um chapéu para a nuca.

– Não posso acreditar, Eduardinho, não posso acreditar, acho que estou vendo coisas.

– Nada disso, tio. Pensava que eu tivesse morrido?

Notou que os pensamentos se atropelavam na cabeça do tio. Ficaram calados, Eduardo sorrindo sem saber o que dizer. O velho com cara intrigada, remoendo sabe lá que lembranças ou ideias. Era a mesma cara de outrora. Eduardo lembrou-se dos tempos em que ele o perseguia, noite adentro, procurando saber aonde ia, o que fazia, até que o pilhara saindo da casa do Dr. Euríclides, pela janela, feito ladrão, depois de haver aproveitado a ausência do juiz para dormir com Dona Zoraide. Foi o quanto bastou para no dia seguinte encher os ouvidos do seu pai, que o filho "andava conspurcando os lares alheios, isso poderia resultar em desgraça, era uma vergonha, que isso não se fazia para um inimigo". Eduardo recebeu um sermão durante a comida, na frente de todos, inclusive dele, que fingia não ouvir nada, chupando a sopa com ruído e ainda a dizer com cinismo "ah, esses rapazes de hoje em dia não valem o que comem". Repetia, de maneira irritante, "eu vi, ninguém me contou, essa eu vi com os olhos que a terra há de comer". Então Eduardo levantara furioso, lembrava-se agora, derrubando a cadeira e gritando "esses olhos quem vai comer não será a terra, mas as águas, as águas é que vão comer". A mãe saíra da mesa chorando e seu pai se trancara no quarto, como fazia quando estava muito triste ou irritado.

Eduardo sentou-se esparramado no banco de ferro, esfregando a palma da mão na cara. Acendeu um cigarro, demorando muito com o fósforo aceso.

– O senhor não quer comer alguma coisa? São duas horas, sabe, no trem não havia nada para se comer; aliás, eu nunca andei num trem assim tão vazio.

– Pois vamos – disse enquanto o acompanhava com seus passinhos de gordo.

Falava para ele mesmo: "Então o Eduardinho voltou, quem diria, Jesus, quem diria. Eu sempre pensava: agora mesmo é que ele não vem, nunca mais vai aparecer."

Sentaram numa mesinha na frente da porta, ele disse "daqui posso controlar melhor o movimento". Eduardo teve vontade de perguntar "que movimento?". A estação voltara a ficar deserta. Bateu palmas, um sujeito pálido saiu de detrás do balcão e veio saber o que eles queriam. Quando a comida chegou ficaram longo tempo sem dizer nada. Estava tudo frio e cheirando mal, com ranço de sebo, mas o velho comia com sofreguidão. Mandou buscar um copo d'água e sempre que bebia um gole bochechava primeiro antes de engolir. Volta e meia parava com o garfo espetado no ar para dizer "então o Eduardinho voltou, quem diria, está de novo na terra, daria um braço agora para ver a cara de Dona Zoraide". Dona Zoraide?

– Deixa isso de lado – cacarejou –, esquece, estou ficando velho.

Não mudara nada, o velhote. Terminando de comer examinou com atenção as unhas bem tratadas, unhas que ele polia quase todos os dias. Agora, ali, bafejava os dedos e os brunia de encontro à perna da calça; disse "os homens se conhecem pelas mãos". Bateu na mesa:

– E a todas essas nem me pergunta pelos seus, tantos anos por aí, gozando a vida, na certa deitando cada noite com uma vagabunda diferente, chega de volta e é como se nada houvesse acontecido, não pergunta pela família. Ah, Eduardinho, os filhos são todos uns ingratos. Feliz de mim que nunca tive filhos. Deus escreve direito em linhas tortas.

Eduardo desconfiou, vinha notícia ruim. Tio Lucas não era de perder vaza. Escondia algo, o velhote. Adorava deixar os outros sem saber o que pensar ou dizer. Agoniado, o rapaz perguntou:

– O velho está bem?

– Claro, o velho vai muito bem, obrigado, muito mesmo, pelo menos agora o pobre não corre mais o perigo de perder a fala vendo o filho pródigo chegar, assim sem mais nem menos. – Virou-se para o sobrinho com aquela cara de cachorro doente, com ar de quem estivesse realmente abatido, a ponto de chorar: – Não me diga que não sabe que seu pai morreu!

Eduardo tartamudeou um fraco "não sabia", mas na verdade estava certo disso antes que ele falasse. Mesmo assim sentiu uma leve tontura, o estômago enjoado, salivação. Naquele momento seria capaz de jurar que notara nos olhinhos do tio um brilho de incontido prazer. Lucas ficou tamborilando com os dedos sobre a toalha imunda.

– Bem, a verdade é que você nunca enviou uma linha sequer, nem para mandar o endereço, uma caixa postal que fosse. E fique sabendo que essa sua atitude ajudou e muito no sumiço de seu pai, pobre do Juca, mortalha de neve, desapareceu como vapor d'água.

Eduardo não entendeu, "mortalha de neve", o velhote estava realmente com um parafuso de menos.

– Coitada da Carolina – prosseguiu –, nem sei como suportou tudo, tanta desgraça, essa maldita barragem, o filho ingrato, principalmente isso. Mesmo assim viveu um pouco mais, sofrendo como ninguém, sem abrir a boca para uma queixa.

    Ele notou que o sobrinho não estava bem. Os olhinhos cintilaram outra vez, dois pontos espremidos pela carne empapuçada do rosto, depois espantou as moscas, coçou a cabeça e disse:

    – Fechou os olhos falando em você. E isso que a pobre não era dada a confessar seus sofrimentos, suportava tudo calada, embalando o corpo doente naquela cadeira, fazendo um crochê que nunca tinha fim, agarrada no que lhe restava, que era o meu apoio moral. O Alfredo, você sabe, já tinha ido para Uruguaiana e a sua irmã Cidinha tomou o marido de Dona Mercedes, o farmacêutico, e desapareceu para evitar o falatório dessa gentinha daqui. Sei lá onde deve andar hoje em dia, dizem...

    Eduardo já não ouvia mais nada, estava sem ânimo até para espantar as moscas do rosto. O homem do bar deixara sobre a mesa um pires com uma fatia de goiabada e uma lasca de queijo. O velhote continuou a falar coisas que ele não entendia e nem fazia questão de entender. O tio puxou o pires para perto e comeu o doce com a dentadura que ameaçava saltar da boca. Mastigava de boca aberta, pediu mais água e tornou a fazer o irritante gargarejo.

    – Pobre da Carolina – disse –, sempre querendo saber se o filho estava bem, com saúde. Tinha medo de que você estivesse a morrer numa Santa Casa qualquer, sem ninguém a seu lado. Ah, se não fosse eu acalmando a pobre, a dizer que o Eduardinho estava bem, casado, trabalhando, ganhando muito dinheiro.

    Voltou-se com uma agilidade que não lhe sentava:

– Você chegou a ganhar muito dinheiro?

Passou a mão pela manga do casaco do rapaz, tateando a fazenda.

– Não, a gente vê logo que você não ganhou muito dinheiro.

Eduardo procurou o homem do bar e não viu mais ninguém, as pessoas haviam desaparecido de maneira estranha. Saiu e foi sentar num dos bancos da plataforma. Tio Lucas o acompanhou como um cachorrinho. Ficaram calados mais uma vez, Eduardo de cabeça fervilhando, não estava certo de nada. No fundo com a sensação de que já sabia de tudo, com medo de fraquejar na frente do velho, diante daqueles olhinhos de elefante.

– Acho que vou voltar pelo noturno – disse sem muita convicção.

– Eu não faria outra coisa, meu filho, se houvesse noturno ou mesmo outro trem. Pelo menos uma vez na vida faça alguma coisa sensata, pegue as suas coisas, volte, vá de barco pelo Jacuí ou a pé pela estrada, mas vá embora, esse lugar não tem mais nada que possa lhe interessar. A maldita dessa barragem vai deixar tudo debaixo d'água. Para falar a verdade – disse olhando para os lados –, as águas já começaram a subir.

Tirou o relógio do bolso, viu bem as horas.

– Vou sentir muita falta dos trens, desta estação, de tudo. – Fez um ar compungido. – Sei que é duro, meu filho, mas deste bolo cabe uma fatia para cada um de nós, não adianta querer deixar na porta dos outros, Deus lá em cima tudo vê e não perdoa.

Era o seu Deus, aquele ser vingativo. Botou a mão mole no ombro do sobrinho.

– Vá embora e trate de esquecer, se puder.

Caminhou ruflando as patinhas de pardal e desapareceu pela portinhola de onde saíam as batidas ritmadas do morse. De instante a instante metia a cabeça para fora e espiava, inquieto. Eduardo se convencendo de que era mais uma burla do velhote e maquinando a melhor maneira de vingar-se.

Achou que era hora de pagar o bar, caminhou até lá. Encontrou a porta fechada a cadeado, viu que estava enferrujado como se ninguém houvesse tocado nele havia muitos anos. Foi até a salinha do morse, ficou na porta, a lâmpada apagada e o aparelhinho mudo, enquanto tio Lucas colocava sobre a mesa uma coberta de plástico e tirava lentamente os punhos de pano preto.

– É duro, meu filho, muito duro, depois de tantos anos, de tanta dedicação. Envelheci aqui dentro e ninguém pode adivinhar o que seja isso. E tudo por quê? Acha que essa gentinha dá valor a alguma coisa?

Eduardo tomou uma decisão. Ficaria em Abarama nem que fosse para ganhar tempo e ordenar o pensamento, estava se sentindo confuso. Tio Lucas, caminhando de um lado para outro, começava a deixá-lo irritado, fez um sinal, ele estacou.

– Resolvi ficar. Afinal, longe daqui também não tenho nada para fazer.

– Ficar? Você está ficando doido?

– Estou. Vou ficar um dia, um mês, um ano, talvez nunca mais saia daqui.

O velhote pareceu muito surpreso, depois sorriu como só ele era capaz e disse:

– Você é quem resolve, se quer ficar, fique, vai terminar morrendo afogado, faça o que sua veneta mandar.

Voltou para a salinha escura e lá de dentro falou:
– Pode ir para minha casa, seu quarto ainda está lá, não tenha acanhamento.

Eduardo respondeu "pois é para lá que eu vou, estou cansado, com sono, acho que vou andando, se não se incomoda". E o tio "será que ainda sabe onde moro? Pois é a mesma casa". Achou graça, morara sempre com ele, a casa da família era pequena para todos, sua mãe achava melhor que alguém ficasse com o cunhado que andava de saúde ruim, podia acontecer alguma coisa de noite, ele sofria do coração.

– Fique à vontade – disse Eduardo –, sei bem onde é a casa.

Lucas ficou lá dentro, gritou em falsete "pode entrar pela porta dos fundos que fica sempre aberta, você sabe disso, não me espere".

Da metade do caminho o rapaz olhou para a estação e lá estava o velhote remoendo, quem sabe, as suas maldades, mãos cruzadas sobre a barriga. Só ele, ninguém mais. Aproximou-se da casa, tudo estava como havia deixado, a cerca faltando taquaras em vários trechos, o reboco quebrado nas paredes, o velho poço com o balde amassado, o zinco enegrecido pelo tempo. Empurrou a porta, a cozinha com o fogão de tijolos e chapa de ferro, a mesa cambaia pintada de azul, o corredor, a saleta com os mesmos móveis de pinho, o quarto do velho com a cama de casal, colcha de retalhos, os vidros de remédio sobre a mesinha de cabeceira, o pelego solferino ao pé da cama, São Jorge e o dragão com um ramo de arruda espetado na ponta da lança, o guarda-roupa com a porta de espelho ordinário onde costumava olhar-se para rir das distorções, a testa comprida, olhos, nariz e boca formando uma coisa só, o crânio espichado como casa de cupim. Depois abriu a porta do seu antigo quarto e a sensação que teve foi de que acabara de sair dali. Nada fora mudado, as suas roupas penduradas na parede, a cama de ferro, um retrato sobre a cômoda, os seus chinelos. E o mais estranho, uma velha roupa sua, no chão, encharcada. Examinou-a com a ponta do pé, uma calça e uma camisa floreada.

Largou as tralhas e foi até o poço, tirou água, encheu uma bacia que ficava sempre a um canto do telheiro. Lavou-se com vagar, o pensamento a dar voltas. Depois andou pelo resto da casa, examinando coisa por coisa, não faltava nada. Sentiu falta de ar, a respiração entrecortada, vontade de dar uma volta, rever as ruelas, a praça com o quiosque central, quem sabe algum velho conhecido. "Dez anos – pensou – até que não é um tempo assim tão grande." Tudo havia se passado muito rápido, muito nebuloso.

Olhou-se no espelho, divertindo-se como antigamente: o pescoço, o queixo, o nariz. Ora achatado como um disco, ora alongado, era um homem de borracha, um ser estranho, os olhos encavados nas órbitas, o peito de pombo em forma de corcova. Então fazia um movimento para baixo e outro para cima e a cabeça crescia como um balão ou sumia quase de todo. Parou de rir, a figura que via no espelho – teve essa sensação, de repente – não era bem a dele, era a de um desconhecido.

II

Eduardo não sabia mais contar o tempo. Era tudo igual, os velhos vagões emperrados no desvio, o marrom da pintura queimada pelo sol e pela chuva, a rua deserta da estação. Ao lado da casa do tio a funerária do Alípio Melo, o Boa-Morte. Na fachada, o letreiro esmaecido "Armador Esperança"; sempre achara que esperança calhava bem. Olhou para dentro da casa escura e lá no fundo, na área iluminada por uma claraboia, o velho Alípio na sua mesa de carpinteiro, aplainando uma tábua. Quase na porta da rua um caixão de mostruário. Eduardo pensou "em todos esses anos o velho não melhorou nada". Alípio levantou os olhos e veio em sua direção. Eduardo não se moveu, que lhe diria o homem? Boa-Morte ficou à porta, limpando as mãos no avental de couro.

– Andou pela barragem? Dizem que a coisa vai adiantada, não demora muito começam a alagar tudo isso. Cheguei a pensar que o nosso Eduardinho já tivesse ido embora.

Sabia que se perguntasse "como vão os negócios", o velho responderia "é como sempre digo, se me desejam boa sorte estão pensando em desgraça para os outros". Perguntou e ouviu a resposta, sorriu sem jeito "outra hora passo aqui para uma conversinha". Alípio disse:

— Não se acanhe, sabe muito bem que eu gosto de um papo, ultimamente a gente tem vivido meio só. Tenho um servicinho urgente, conto contigo.
— Comigo?
— Então? Como das outras vezes, quando a coisa aperta.
Concordou, ajudara Alípio muitas vezes, mas isso havia quanto tempo? Boa-Morte, tranquilo, nunca tivera pressa. Olhou para a rua, dali se enxergava um pedaço da praça, comentou de braços cruzados:
— E dizer que tudo isso vai ficar um dia debaixo d'água! Engraçado, em lugar de gente conversando, traíra e jundiá perseguindo lambari. Tem coisas na vida que um vivente jamais pode adivinhar.
Eduardo concordou com a cabeça, despediu-se e recomeçou a caminhada. Atravessou a Rua das Laranjeiras, resolveu chegar no armazém da esquina. Viu algumas pessoas no balcão e lá atrás Seu Vidal, o mesmo de sempre, não envelhecera uma ruga. A careca brilhante, a camisa de física deixando escapar os cabelos do peito pela buracama. Dona Santa ajudando, magrinha, olhos claros, cara encovada. Eduardo entrou devagar, desconfiado, olhava tudo como se fosse pela primeira vez e no entanto conhecia cada lata das prateleiras, cada caixote, cada garrafa. Seu Vidal olhou para ele e não parou de mexer-se no dia a dia. Falou manso:
— Então, rapaz, por onde tem andado?
— Por aí, Seu Vidal, por aí.
O homem disse:
— Já sei, faltou cigarro. Entrega um maço para ele, Santa, mas lembra que ainda nos deve dois maços da última vez.
Eduardo falou com voz sumida "da última vez?".

– Então o menino esqueceu, pois não? Mas pode levar outro, eu boto na conta.

Dona Santa estendeu o maço para Eduardo, que o pegou meio sem jeito, olhou bem, era a sua marca de antigamente. Começou a sair. Ainda ouvia a voz do homem, "não precisa de mais nada para casa?". Fez sinal que não, obrigado, não queria mais nada.

A tarde começava a cair, ele resolveu atravessar a praça, olhou com vagar o coreto central, lembrou-se das retretas da bandinha de amadores, os namorados passeando por entre os canteiros malcuidados. Durante o dia as vacas pastavam por ali; viu os bancos de cimento com propaganda nos encostos, os plátanos frondosos, o renque de cinamomos, tudo como havia deixado. Parecia ouvir a voz do pai, "esse rapaz precisa aprender um instrumento qualquer, bem que podia fazer parte da banda". Tio Lucas atalhando, "o Eduardinho tocando música? Eu sei bem do que ele gosta, não adianta, o pepino se torce de pequenino". Viu as árvores cheias de nomes de namorados, onde andariam eles? Prosseguiu, atravessou a Rua da Cadeia, o banco da esquina estava com as portas fechadas, mas trabalhavam lá dentro. Era o banco de Alfredo. Na Rua da Igreja apressou o passo, não havia ninguém pelas imediações, Abarama sempre fora assim. Cruzou pelas portas do empório, nem sequer olhou para dentro: vira o cartório do pai, a sua casa. O coração acelerou. Tantas recordações tumultuadas; a casa estava a mesma, as duas janelas com vidros coloridos, a porta alta, central, os beirais com ervas crescidas, o reboco esfarelado, em algumas partes o tijolo aparecendo. Olhou, a escada de cinco degraus, o cabide logo depois, o mesmo cabide de peças torneadas. A sala da frente – de onde estava ele não via – ainda teria o pequeno balcão de atender as partes? As duas escrivaninhas de tampa corrediça, gavetas com puxadores de louça branca com suaves raminhos de rosas. Teve medo de entrar. Ouviu a voz do pai, na janela:

– Eduardo, então desapareces, família para ti é o mesmo que nada?

Sentiu as pernas fraquejarem, encostou-se na portalada, olhou para cima. Lá estava o pai, cara macilenta, as maçãs do rosto salientes, sobrancelhas cerradas e unidas, o cabelo ralo. O velho disse, bem claro:

– Entra e vai falar com a tua mãe, ela anda preocupada.

A cabeça desapareceu, o pai chamou "Carolina, o teu filho afinal apareceu, pede para ele ajudar a Cidinha a estender aquela corda de roupa lá nos fundos". Ouviu um arrastar de chinelos no corredor, a figura da mãe apareceu no alto da escada.

– Meu filho, só porque mora com o Lucas não aparece mais, a gente aqui precisando de ti.

Depois a voz mudou de tom, "está sentindo alguma coisa, meu filho?". Tio Lucas, pensou Eduardo, mais uma vez havia pregado uma das suas, mentira de maneira deslavada e cínica, mas com que intuito, que ganharia ele com isso? Sentiu vontade de sair correndo, entrar estação adentro, segurar o velhote pela gola da camisa, "então, seu porco miserável, brincar com uma coisa dessas, está ficando doido?". Torcer o pescoço dele como se faz com as galinhas. A figura da mãe continuava lá em cima, imprecisa, esfumada, teve ímpetos de subir os degraus aos pulos, abraçar a velha, "dez anos, minha mãe, dez anos, quase uma vida, e a senhora me recebe aqui como se não me visse desde ontem. Por acaso, me diga, tio Lucas enlouqueceu?".

Ela repetiu a pergunta, "está sentindo alguma coisa, meu filho?". Ele suava, abriu a gola da camisa que agora lhe parecia uma argola de ferro estrangulando o pescoço, mas se conteve e subiu os degraus lentamente, passou o braço pelo ombro da mãe, beijou a sua testa, perguntou com voz sumida "tudo bem com a senhora?". Caminharam os dois pelo corredor, ela falando em assuntos caseiros, queixando-se da filha, não era a mesma, esta menina anda de cabeça virada, não sei mais o que fazer. Eduardo mudo, reconhecendo cada pedaço de chão e de parede, os trastes antigos, a cadeira de balanço onde ela fazia o seu crochê. Os retratos dos avós em moldura oval, a pastel, as caras e as roupas muito lisas e retocadas. A mãe disse:

– Há três dias que a Cidinha te espera para esticar mais uma corda de roupa.

Ele viu o jardinzinho do pátio, a velha figueira, o galpão meiágua, os pés de ameixa-do-japão – céus, as coisas ali não mudavam e nem cresciam. A irmã apareceu na porta dos fundos, com as mãos sujas de terra, olhou espantada para ele: "Até que enfim apareceu, Eduardinho, eu sozinha não posso andar cortando taquaras para esticar os fios".

– Estou muito cansado, mana, amanhã cedo eu faço isso, nem preciso de ajuda.

Cidinha bateu palmas, "viva, não preciso mais pensar nisso". Estava escurecendo, ameaçava chuva, Eduardo ouviu a mãe dando ordens para a filha recolher as coisas; viu o pai entrando no banheiro. Foi até o tanque, lavou as mãos e a cara numa bacia de folha, sentiu o cheiro forte de café, a mãe e a irmã falando na cozinha. Quando voltava para dentro de casa ouviu a voz do irmão na porta de entrada, despedindo-se de alguém. Alfredo magro e etéreo, a camisa caída nos ombros, cara fina, os olhos de peixe morto. Entrou direto para o quarto, sem olhar para os lados. A mãe passou com uma bandeja, bule e leiteira fumegantes, logo depois Cidinha com uma cesta de vime cheia de pão.

– Eduardinho, está na mesa – gritou a mãe. Ele perguntou "Alfredo não vem tomar café?". O pai disse "deixa o rapaz, tu sabes muito bem que Alfredo não toma café de noite". Depois o velho olhou para a frente e falou "o Lucas está demorando, termina pegando o café frio". Mas o tio, sacudindo a roupa, chegou e gritou para dentro "quase que a chuva me pega em cheio, olha só o tamanho dos pingos". Não disse boa-noite para ninguém, sentou-se à mesa, viu Eduardo, que o olhava intrigado.

– Esse rapaz agora deu para desaparecer, boa coisa não anda fazendo. Há quantos dias ele não aparece nesta casa?

A mãe disse "já reclamei, todos reclamaram". Começou a servir o cunhado.

– Alguma novidade, Lucas?

O velhote falava de boca cheia, "novidades é que não faltam, Deus que me perdoe. Sabem, a barragem está adiantada, a gente vai ter que sair daqui muito antes do que espera. De Porto Alegre me informaram que a política continua fervendo, há muito boato, ninguém se entende, movimento de militares".

– Desde que eu me conheço por gente – disse o pai – que ouço essa mesma lenga-lenga. Eles terminam se entendendo, comem no mesmo prato, nós é que sofremos, temos as costas largas.

Tio Lucas exclamou: "Céus, ia me esquecendo dos remédios. Carolina, me alcança a caixinha daí".

– Querem saber mais? – perguntou o velhote com aqueles seus olhinhos escondidos atrás das grossas lentes. – Pois eu não queria falar, mas já se ouve pela rua, gente pelos botequins, qualquer pé-rapado comenta.

A cunhada quis saber do que se tratava. Ele engoliu meia dúzia de comprimidos, bebeu um gole de café.

– Pois se a gente fala, passa por falador. Os escândalos entram pelos olhos, só não vê quem não enxerga e quem não enxerga é cego. Eu, graças a Deus, não sou.

A mãe disse "deixa de rodeios, Lucas, diz logo o que tu queres dizer". Ele engoliu o que tinha na boca, "pois é, a política ferve lá fora e aqui dentro, nas nossas barbas, Dona Zoraide fazendo das dela, e logo com um homem bom como o Dr. Euríclides, um santo homem". Todos ouviam calados, Eduardo comendo sem fome, evitando olhar o tio, que prosseguia: "Qualquer dia destes o coitado chega em casa e encontra um rufião qualquer deitado na sua própria cama, desfrutando a miserável".

– Estás me ouvindo, Eduardinho?

O rapaz ficou surpreso.

– Estou ouvindo, tio, por quê?

– Por nada, não, parece que andas no mundo da lua. E o pobre – prosseguiu o velhote limpando as lentes – ainda tem coragem de em todos os fins de semana pegar da espingardinha e sair para caçar. É muita facilidade, um homem daquela idade deixar a mulher de 22 anos sozinha em casa, entregue às feras.

A cunhada disse: "Um dia esse falatório ainda vai te deixar muito mal, Lucas. A gente nunca deve falar essas coisas sem ter certeza ou pelo menos sem poder provar nada. Trata-se de uma senhora, isso de olhar para os outros não quer dizer nada, todo mundo olha e ninguém é pior ou melhor por isso."

Eduardo seria capaz de jurar que estava ouvindo aquela conversa pela segunda vez. Esperou que Cidinha falasse qualquer coisa condenando o linguajar do velho; a irmã confirmou a sua previsão, "puxa, tio, quando o senhor pega uma vítima não larga mais, agora é a mulher do Dr. Euríclides, ele que saiba disso". Então a mãe disse:

– Vocês aí tagarelando e o Eduardinho se sentindo mal. Está pálido, estou notando isso desde que ele chegou.

O velhote riu, "um rapaz quando anda assim muito amarelado, já se sabe".

– Está com sono, meu filho? – perguntou a mãe. – E como é que vão sair agora, com esta chuva? Deus do céu, parece um dilúvio.

Eduardo levantou-se enojado da conversa do tio. Que andava ele insinuando com aquela história da mulher do Dr. Euríclides, Dona Zoraide? Perguntou se não havia um guarda-chuva, ia para casa de qualquer jeito, com qualquer tempo. Confessou, estava caindo de sono mesmo, não aguentava mais. O tio levantou-se também, queria aproveitar a carona.

Quando Eduardo abriu o guarda-chuva logo ao deixar a porta, sentiu o velhote agarrar-se ao seu braço, começaram a caminhar assim juntos, Eduardo sentindo o calor desagradável do corpo do tio, pisando em cheio nas poças d'água, na lama das calçadas, a água encharcando as meias e as calças. Teve vontade de interpelar o velho, de pegá-lo ali mesmo debaixo do temporal, então pensava que ele era um fantoche, um brinquedo nas suas mãos? Até quando continuaria assim, ruim como casca de cobra? Outra dessas e ia ver o que faria, aquela pústula. Mas não disse nada, estava com muito sono, sentia-se febril. Falaria com ele depois, com calma, muito devagar, queria que cada palavra entrasse fundo naquela cabeça de suíno. Só não aguentava mais o calor viscoso e doente do tio, a carne mole cheirando a urina. Disse:

– Prefiro apanhar um pouco de chuva, faz bem, fique com essa droga.

O tio gritou, "que loucura, vai apanhar uma pneumonia".

Eduardo sentiu a água empapando os cabelos, escorrendo pelo rosto, grudando a camisa no corpo; quando relampejava via o velhote de corpo inteiro, saltitando encolhido, pulando de maneira cômica por cima das poças da rua esburacada. Então Eduardo disse:

– Não estou ficando maluco coisa nenhuma, sempre fui. Pneumonia não me pega, não morro tão cedo, meu coração ainda está muito forte e não tenho diabetes. Sabe, tio, ainda vou pegar na alça do seu caixão.

Quando Eduardo apagou o bico de luz e se enfiou sob as cobertas, ouviu a voz do tio, que ainda estava no banheiro. Era uma voz rouca e abafada, voz de uma pessoa que sofre de asma. Dizia "um rapaz de boa família não diz uma coisa dessas para o seu próprio tio, sangue de seu sangue". Eduardo ficou calado, estaria dormindo, para todos os efeitos não ouvira nada. O velhote ainda foi até a cozinha, tentava acender o velho Primus. Eduardo ouvia forte o ruído da bomba de pressão. "Vou fazer um chá de limão", ouviu o velho dizer, "é bom para evitar a gripe." Depois um longo silêncio.

– Eduardinho, já dormiu?

O velhote chegou até a porta do quarto, espiou, depois se afastou com passinhos apressados e foi deitar-se. Eduardo, então, dormiu sentindo o tranco das rodas do trem nas emendas dos trilhos. A batida seca, intermitente. E de vez em quando o silvo agudo do apito dentro da noite.

III

— Veja só, Dr. Belizário, o desinfeliz não queria comer, era mágico de nascença e agora me acontece uma coisa dessas, justo sob o meu nariz. Só me benzendo, doutor.

Entraram os dois, o sargento e o veterinário, os brigadianos ficaram na porta, um deles de mosquetão em punho, ar agressivo. Edmundo Pescador gritou do meio da rua:

— Guarda essa tico-tico, Zé do Boqueirão, ninguém está de guerra.

O soldado fez que não era com ele, não valia a pena discutir com o velho, levava sempre a pior. O veterinário voltou limpando as mãos no lenço, o sargento atrás dele.

— De que teria morrido esse diabo, doutor?

— De fome, sargento, de fome. Por acaso o senhor não anda fazendo economia de comida, sargento?

— Não diga uma barbaridade dessas, doutor, cada preso aqui tem a sua etapa. O diabo do mágico é que não queria comer, se regalava com banquetes, de faz de conta, veja aí.

Voltou-se para a gente que começava a engrossar na frente da cadeia e ordenou que cada um fosse para a sua casa, que metessem o nariz nas suas vidas.

À noite, no Minuano, numa mesinha dos fundos, o sargento empinava calado um copinho atrás do outro. Eduardo bebia cerveja, Marcelo Torquato, filho do dono do empório, acompanhando. Seu Zeno mesmo servia as bebidas e depois ficava de lado. O sargento era de maus bofes quando bebia. Eduardo perguntou:

– Enterraram o desgraçado?

– Queria que ficasse na solitária, com um palmo d'água no chão? – disse o sargento.

– Que azar o desgraçado morrer logo na sua mão – disse Marcelo.

O sargento olhou demorado para um e para outro, "na minha mão?". Jogou no chão um pouco de bebida para o santo e disse:

– O que vocês querem mesmo é saber de tudo, se eu matei a pau o maldito do mágico, se o Zé do Boqueirão torceu os bagos dele até estourar, se eu gastei na Baixada o dinheiro da etapa dele, não é isso?

Eduardo riu:

– E daí? Ninguém sabe o que ele andou fazendo lá dentro!

O sargento ficou sério, fez um sinal com a mão para que os dois se aproximassem mais, espreitou em redor, disse a eles:

– Se eu conto, cristão nenhum vai acreditar, vão dizer que estou bêbado, que essa história da barragem está me deixando biruta, de parafuso frouxo. Esse tal de Eladino apareceu por aqui vindo de Santa Maria. Um dia me disseram que ele vivia arrancando dinheiro do povo da Baixada em troca de tapeações. Então fui lá, botei a mão no magricela e trancafiei ele no xadrez, eu sempre achando que era golpe para comer de graça. Tem gente assim, pensa que cadeia é pensão.

Eduardo perguntou se o mágico era mineiro mesmo. "Mineiro de São Jerônimo", disse o sargento. E continuou, os outros dois calados, atentos:

— Mas de uns tempos para cá o miserável deu para gerar tumulto, agitação, não se podia dormir. E olha que o meu quarto fica na outra casa. Um dia espiei, um ruivo borracho de São Sepé insistia com ele: "Vamos Fu-Manchu, faz agora aquela mágica da pomba, aqui este companheiro novo nunca viu essa mágica". O rapaz disse "amanhã, hoje estou morrendo de cansado". "Só esta vez", dizia o ruivo. Ele então arregaçou as mangas, tinha braço de tuberculoso, fez cara de quem se concentra, levantava as mãos e estalava os dedos, dizia um amontoado de coisas que ninguém entendia. Ninguém abria a boca para nada e nem se ouvia uma mosca voando. Então ele trouxe uma pomba branca, meninos, vivinha da silva. Um pretinho lá dentro ficou de boca aberta. Eu também, só que ninguém me via. Aí o Eladino perguntou para ele, vê só a maldade: "Quer a pombinha de presente?". O outro disse "quero". "Pois toma aí", disse o mineiro, fazendo que jogava a pomba. Palavra, pela minha mãe, vi o bichinho voando e depois desaparecer no ar.

— Mas então ele sabia mesmo fazer mágica – disse Eduardo.

— Pois não havia de saber? E digo mais – continuou o sargento –, não conseguia fazer aparecer leão, tigre, cavalo, elefante e bichos assim de grande porte porque o raio daquela cela é muito pequena, vocês conhecem. Pois digo, era uma besta o rapaz; se eu soubesse fazer a metade das mágicas que ele sabia, estava podre de rico, ia para o estrangeiro, Porto Alegre, Rivera, quem sabe até Montevidéu. Noutro dia, vejam só, ele fez aparecer um rato, depois um gato que saiu atrás do rato, um cachorro que atropelou o gato e depois tudo sumiu. Foi quando eu perguntei a ele, com autoridade: "Seu mágico de merda, onde esconde esses bichos todos? A pombinha branca, onde está?" Ele me disse com aquela cara de quem só espera um assoprão para morrer: "Ora, sargento, se eu tivesse uma pombinha daquelas fazia ela assada, eu estou com uma fome de leão". Eu disse "deixa isso comigo, não sou bobo, eu vi a pomba". E ele, com cinismo, "claro, era mágica mesmo". Se eu já andava irritado, aquela foi a gota que fez derramar o caneco. Minha vontade foi de esganar o fedelho. Brincando com uma autoridade militar, onde se viu isso?

O dono do bar acercou-se da mesa, pediu licença, disse para o sargento "o Dr. Belizário apareceu boiando no rio, dois quilômetros abaixo".

– O veterinário? – perguntou o sargento muito surpreso.
– Pois o homem atendeu a ocorrência, estava de bom aspecto, saúde, teria se suicidado? Quem foi que encontrou o corpo?

Seu Zeno disse:
– Um dos pescadores da Baixada, numa redada, que o corpo ainda não tinha tempo de vir à tona.

O sargento ordenou "avisa um dos praças, ele que tome as providências cabíveis e registre a ocorrência". Virou-se para os rapazes, "onde era mesmo que eu estava?".

– Naquela conversa com o mágico, ele querendo fazer a autoridade de boba – disse Eduardo.

– Ah, sim, era isso mesmo. – Prosseguiu: – Um dia a esculhambação foi demais no xadrez. Uma algazarra que se não entro com energia era bem capaz de chegar aos ouvidos do coronel comandante da Brigada. Já imaginaram? Um dos soldados quis saber o motivo da alaúza e a coisa era porque todos queriam mágica e o desgraçado a dizer que não queria nada com mágica. Ele disse para o meu subordinado "estou sem forças, comandante, e sem comer a máquina não funciona". O meu subordinado achou que era falsete, manha, golpe, sei lá o que mais. Então ele perguntou para o mágico com muita educação "vossa excelência pode dizer o que exige em troca de algumas tapeações para os meninos?". E ele nada, achando que era gozação do meu praça. Quem sabe presunto com ovos, frutas argentinas, café com leite, chocolate, queijo derretido?

Fez um sinal para o dono do bar:

— Não posso ficar aqui a noite inteira falando de boca seca. Acabou a cachaça nesta espelunca?

O homem sumiu e voltou correndo com uma nova garrafa.

— E agora pode voltar para o resto da sua freguesia, quero conversar em paz. Onde mesmo que eu estava? Ah, então ele disse com um fiozinho de voz: "Qualquer coisa, um pedaço de pão, mesmo que não seja de hoje". O praça foi me chamar, a coisa estava engrossando e ele não queria desancar o pau no homem sem o meu aprove-se. Tomei conhecimento de tudo. Ele repetiu: "Qualquer coisa me serve". Foi a minha vez de responder, já de paciência esgotada, "cada um sabe onde o sapato lhe aperta: qualquer coisa não. Um mágico de sua importância merece um banquete em sala especial". Daí mandei trancafiar o tapeador na solitária. Era coisa para um dia, assim eu acabava com a algazarra no xadrez. Mandei servir café preto para o resto da turma, recomendei ao guarda que desse ao Fu-Manchu um banquete, se ele pedisse. Eu queria quebrar o orgulho do ordinário. Sabe, isso faz parte de nosso trabalho de educar essa gente, é para isso que o governo nos paga e nos promove quando chega a vez de cada um. Todos os presos me diziam a mesma coisa: o mágico, quando quer comer, ele inventa o que lhe vier na telha. Achei que era verdade, eu próprio tinha visto.

Eduardo pediu outra cerveja, estava interessado na história, o comandante do Destacamento engrolando as palavras, olho caído, lambendo-se com dificuldade.

– Vocês querem saber o resto dos acontecimentos? Pois olha, no dia seguinte de manhãzinha, o faxineiro me apareceu na sala da delegacia, estava com cara de quem vira lobisomem, gritando, "sargento, o Fu-Manchu está na solitária tomando café com leite numa bandeja de prata, senti o cheiro de presunto com ovos, pão fresco com manteiga da boa, alguém deve ter levado tudo isso para ele". Fui até lá, estava todo mundo meio doido. Os presos me disseram: "Sargento, alguém aqui anda passando do bom e do melhor". Era o cheiro, agora sou capaz de jurar que até eu senti. Abri a porta da solitária e não enxerguei outra coisa senão o mágico no mesmo lugar da véspera, as pernas mergulhadas n'água, não podia nem se lamber. Quase bati no faxineiro, só não botei ele na rua porque tem mulher e oito filhos para sustentar.

Eduardo disse: "Seria o cúmulo esse tal mágico comer coisas assim de verdade". O sargento Euzébio voltou à história:

– Esperem aí, tem mais. Pois na hora do meio-dia o Zé do Boqueirão sentiu também cheiro de comida de primeira, foi indo pelo faro, entrou no corredor, disse ele que era cheiro de pernil assado e ainda de feijoada dessas gordas e recheadas, com charque do particular. Foi indo, a coisa vinha da solitária, forçou a portinhola central e o que viu dava para um cristão desmaiar. Lá estava o Eladino se banqueteando, bandeja no colo, tudo fumegando e cheirando, ele com guardanapo enrolado no pescoço, comendo como um pescador em dia de Nossa Senhora dos Navegantes. Veio me contar. Eu disse: "Praça, se for mentira te mando de volta para Saicã, te prendo, te enquadro". Ele jurou pela mãe dele, pela amante que está doente na Santa Casa de Cachoeira, pelos olhos do irmão que é embarcadiço no Rio dos Sinos. Fui até lá, o praça pedindo silêncio, tinha medo de que o rapaz desmanchasse a mágica na hora; fiz o que ele queria, espiei.

O filho do velho Torquato bateu com a mão sobre a mesa, "já sei, viu, era verdade".

– Calma – disse o sargento aborrecido com a interrupção –, não vi nada. Abri a porta, meti os pés naquela imundícia, esfreguei as botinas no fundo, esquadrinhei tudo, vamos que ele estivesse de truque. Chutei a cintura dele, "cadê a comida toda, desavergonhado?". Pois o desgraçado estava tão fraco que não tinha força para levantar os olhos, a cabeça colada na parede, mal dava para ver, tinha a mesma cor das pedras. Fiz ainda um ato de humanidade, perguntei: "Quer deixar de lado esse orgulho besta e pedir com bons modos um pouco de café, como os outros?". O teimoso não respondeu, a boca parecia um talho grudado.

– Sargento, me desculpe, essa história vai indo muito longe, amanhã a gente continua e depois a barragem ainda custa um pouco, não vai encher isto aqui de uma hora para a outra. Agora quero saber o final – disse Eduardo tentando levantar-se.

O sargento disse para ele continuar sentado.

– Vão me escutar de qualquer maneira, quer queiram, quer não; pensam que estou bêbado? Acertaram; se acham que estou mentindo, parto a cara dos dois agora mesmo e ainda por cima prendo por desacato à autoridade.

– Bueno – disse Eduardo –, não tenho mesmo o que fazer.

O sargento continuou:

– Quero ir embora desta terra o quanto antes, não aguento mais isto aqui, não espero a barragem, tenho vontade às vezes de dar de mão num 44 cano longo e sair dando tiros. Já imaginaram? Tudo o que a gente toca hoje vai estar debaixo d'água amanhã; este buraco não vale um caracol. Mas onde estava eu, por favor?

Marcelo disse "na segunda tapeação do tal de Eladino, o caso do cheiro de comida, chegou lá não havia mais nada".

– Não havia ninguém para alcançar comida pelas grades? – perguntou Eduardo.

– Que grades? – disse o sargento rindo. – Onde se viu solitária com janela? Bem se vê que nunca exerceram autoridade. Se dependesse de gente assim a sociedade ficava ao desamparo. Escutem, então chamei os dois praças e o servente e ameacei: o primeiro que abrisse a boca para contar as mágicas daquele sujeitinho, mandaria ficar dependurado pelos pés durante dois dias, como exemplo. Eles sabem que quando eu falo nesse tom é porque não estou para conversa. E não piaram, eu continuava ouvindo diz que diz que mas me fazia de surdo e durante alguns dias pude trabalhar em paz, fiz uma limpeza na Baixada, quase prendi o próprio Edmundo Pescador, botei quatro putas no trem para Cachoeira e só poupei a filha do pescador Simeão porque tive pena, menos de quinze anos, nem sabia o que andava fazendo pelo mundo.

Marcelo resolveu encurtar a coisa, o sargento bêbado ia até a manhã do dia seguinte:

– Eduardo não tem nada que fazer de manhã, eu tenho. Desculpem, a gente se reúne aqui amanhã à mesma hora.

O sargento alterou a voz, deu um soco na mesa:

– Senta aí, filho do Torquato, ouve o resto e depois vai embora se quiser.

– Calma, sargento, não vamos brigar por causa disso – falou Marcelo já sentado.

O comandante passou a manga da túnica na boca, olhava sem ver.

– Juro que quando eu sair daqui é para nunca mais voltar. Não quero ver isso tudo debaixo d'água e já começa a acontecer coisas que nem Deus explica. Escutem o resto, é pouca coisa. Pois hoje muito cedo cheguei na Delegacia, abri as janelas para tirar o cheiro de mofo, estava dando uma olhada nos papéis em cima da mesa, contas da padaria, o fornecimento de carne, circulares do comando geral. Comecei a sentir cheiro de presunto frito e ovos. Palavra, eu não sentia cheiro igual há bem mais de dez anos, quando destacado em Porto Alegre. Um café da Voluntários servia ovos ao prato em plena madrugada, a gente nem precisava pagar, fazia parte do trato da ronda. Pois senti o tal cheiro, lembrei do que haviam me dito, achei graça, às vezes um vivente se impressiona e dizem os espíritas que isso é verdadeiro, mas Deus para mim é católico e não anda fazendo assombrações a três por dois. Em seguida senti muito vivo o cheiro de café fresquinho, feito na hora, podia ser da casa paroquial, a velha Jurema atendendo o padre Bartolo. Me bateu a passarinha, por que não havia sentido o mesmo cheiro antes? Foi quando Zé do Boqueirão apareceu na minha porta, cara de ordinário, não abriu o bico. Eu sentia que, no fundo, ele gozava alguma coisa. Que fosse gozar a mãe dele. Depois o faxineiro, vassoura descansada, troca de olhares com o praça. Me irritei: "Querem me dizer alguma coisa, por acaso?". Perguntei provocativo: "Estão sentindo algum cheiro novamente, quem sabe de presunto e ovos?" Os dois falaram ao mesmo tempo: "Não senhor, não estamos sentindo cheiro nenhum". "Pois eu estou", berrei para eles. "Se isso for gracinha mando capar os dois no meio da praça, dentro de meia hora." Eles, moita. Empurrei um para cada lado, enfiei pelo corredor, fui direto à solitária. Eles me acompanhando, me pedindo para não fazer barulho; abri o visor com um dedo e meti o olho até me acostumar com a escuridão lá de dentro. O que vi dava para matar um cristão, de deixar homem macho de voz fina. Lá estava o mágico no seu canto, bandeja farta em cima dos joelhos, garfo e faca cortando o presunto com ovos, bebendo café com leite à tripa forra, pão fresquinho, geleia, sei lá o que mais. Pois eu vi, sim senhores, e se alguém duvidar da palavra de um militar que honra a sua farda, pode estar certo de que foi a última vez que duvidou de um homem honrado. Eu vi – batia com violência sobre a mesa, saltando copos e garrafas –, juro pelos olhos do filho que tive em Rio Grande com a Ermelinda, pela alma de minha mãe que descansa no Reino dos Céus.

Despejou o resto da garrafa no chão, disse "o meu santo hoje toma uma borracheira como jamais tomou, é para nunca me abandonar numa hora como aquela".

– Ah, pois escutem o restinho da história: arrombei a porta a pontapés, eu estava disposto a esganar o farsante, fazendo uma autoridade de palhaço, um sargento da briosa Brigada

Militar de idiota, além de me obrigar a enfiar naquele lodo as minhas botinas recém-engraxadas. Eu lá dentro olhei bem, a bandeja havia sumido, o corpo do mágico, feito um graveto, havia escorregado, estava quase deitado, só a cabeça de fora, colada nas pedras. Peguei do animal, estava leve como criança morta, duro e frio; subia daquela água um cheiro que nunca mais vou esquecer. Mandei acender a luz e tirei o corpinho lá de dentro, iam pensar que havia morrido de tortura, ninguém tocou a mão nele, tenho testemunhas, até os presos sabem disso.

Tentou levantar-se, o dono do bar veio ajudar, Marcelo e Eduardo fizeram o mesmo.

– O sargento, desta vez, ficou malzinho – disse o Seu Zeno –, o melhor é acomodar o comandante na própria Delegacia, eu levo um cobertor.

Eduardo voltou para a casa do tio. Pensava encontrar o velho dormindo, mas ele ainda mantinha acesa uma vela, talvez estivesse lendo bulas de remédio. Passava das duas horas e o sargento tanto falara em café que Eduardo pensou em acender o Primus e esquentar o bule que estava sobre a mesa. Mas ouviu a voz do tio:

– Isso são horas de chegar, Eduardinho?

Perdeu a vontade. Tirou a roupa, vestiu o pijama, começava a rememorar a história do preso. Disse para o tio, antes de puxar as cobertas até a cabeça:

– O Dr. Belizário apareceu morto no rio.

IV

Eduardo perguntou ao Melo Boa-Morte se ele fizera o caixão para o mágico que havia morrido na Delegacia.

– Caixão para indigente? E quem ia pagar o meu trabalho?

– E que fizeram para enterrar o coitado? – perguntou o rapaz.

Alípio acendeu um palheiro com dificuldade, havia vento.

– Enrolaram o corpo dele num saco e levaram direto para os fundos do cemitério, nem encomendação o padre fez, sabe como é, não pagando as coisas se tornam difíceis. – Deu uma fumarada grande: – Sabia, por acaso, que o sargento Euzébio Machado e os dois soldados se mandaram? Soltaram os presos e fecharam a cadeia.

Eduardo achou graça, "um momento, Seu Alípio, o sargento esteve comigo até duas da madrugada, no Minuano".

– Pois eles foram embora, não deixaram nem rasto, abandonaram o lugar à pilhagem dos ladrões e dos desordeiros, a cadeia amanheceu com a porta lacrada.

– Muito estranha essa atitude do sargento, fugir como um criminoso – disse Eduardo. – Vai ver, matou mesmo o mágico. Toda aquela conversa foi para despistar.

– Que conversa? – perguntou Alípio.

Eduardo achou que o velho estava de novo com cheiro de cadáver. Resolveu ir embora. Disse "uma conversa". Passou pela subprefeitura e viu um carro Ford de chapa branca parado na frente, Dona Enedina, a professora, estava ali. "A senhora sabe de quem é o automóvel?"

– Sei que são os engenheiros – ela disse – e mais nada. Essa gente não tem entranhas, enxerga só a terra, o rio, tratores, um batalhão de gente trabalhando lá, para eles nós não existimos. Inundar? Não sei de nada, isso é coisa deles.

Outras pessoas se postaram pelas redondezas, em grupinhos. Minutos depois saíram dois homens, culotes escuros e botas embarradas. Pegaram o velho carro, ligaram a máquina com dificuldade e desapareceram na rua, levantando uma onda de poeira. O coronel subprefeito apareceu na janela, cigarro de palha na boca, a grande cabeleira branca, parecia abatido. Eduardo disse até logo para a professora e cada um tomou seu rumo.

Quando chegou em casa a mãe reclamou:

– Estamos te esperando, pensei que não viesses mais.

O pai sentou-se à mesa, não disse uma palavra, enfiou o guardanapo na gola da camisa; Cidinha pegou um prato e foi para o sofá.

– Teu tio passou bem a noite? – perguntou a mãe.

Eduardo disse que sim, parecia que sim, afinal não dormira no mesmo quarto e ele fechava a porta. A mãe disse que era um absurdo o sargento abandonar o seu posto levando os soldados e largando os presos; de qualquer maneira, já esperavam isso, mais cedo ou mais tarde. Fez uma pausa, o pior para ela fora o padeiro Manoel Botelho com toda a família, Dona Maria e os filhos, agora que se faça pão em casa. Voltariam aos tempos do Capivari, parecia mentira. O velho comia guisado com aipim cozido, a mulher perguntou "quer um ovo frito?". Ele grunhiu que não. Então ela disse, num suspiro, que agora todo mundo ficaria sem pão.

Eduardo foi até a estação, à tarde, e lá estava o tio sentado num banco, sem as suas mangas pretas, nem a pala de plástico. Tudo fechado. O velho olhou para ele sem interesse:

– Veio até aqui para ver se conseguia fugir?

– Por quê? – perguntou o sobrinho, ríspido.

– Sabe, todo mundo está pensando na mesma coisa, já não estranho mais nada.

– Eu sei que o senhor quer me ver pelas costas, quer que eu desapareça, mas pode ficar descansado, este prazer o senhor não terá tão cedo, antes disso quero encomendar um bonito caixão ao mestre Alípio, uma peça de cedro, à prova d'água. – Olhou bem na cara do tio: – Sabe, a sua doença está saindo pelos olhos, não engana um menino.

O velho fez uma cara de estupefação:

– Eduardinho, exijo mais respeito pelo seu tio, pelas pessoas mais velhas.

Levantou-se vermelho e começou a caminhar pela gare, de um lado para outro, mãos às costas. Estacou, dedo em riste:

– Acho melhor que vá para casa, vou falar com seu pai sobre isso, hoje à noite.

– Se falar, vai ver o que acontece – disse o rapaz.

O tio imaginou-se à frente do aparelhinho: "Atenção, estação *Ferreira*, estou ameaçado de morte, não sei mais o que fazer, estamos sem autoridade no local. O sargento Machado e os dois praças abandonaram os seus postos, deve ser por causa da barragem, andaram por aqui dois engenheiros e ninguém além deles sabe o que acontecerá a Abarama." O colega responderia do outro lado do fio, "avisarei as autoridades competentes e breves providências deverão ser tomadas". Virou-se para o sobrinho: "Você ainda verá o que vai acontecer". Eduardo riu, "eu sei, só eu sei. E isso é que lhe deixa assim preocupado". Saiu assobiando.

Durante o café da noite esperou que o tio falasse alguma coisa para o pai, mas o velhote mastigava os biscoitos com ruído e dizia que agora ninguém mais poderia contar com Seu Botelho, que os novos ares lhe fizessem bem. Alfredo, que ultimamente vivia soturno, informou que seu banco estava sem gerente, pois o Paulinho Pereira fora removido para Livramento e viajara de carro naquela tarde mesmo.

– Pouco se perde – disse o velho Lucas –, era um sujeitinho pretensioso e, pelo que se sabia, vivendo muito acima das suas posses; mas essa gente é que termina promovida, os homens honestos se arrebentando no trabalho, tratando de cumprir com suas obrigações e os outros, bem, os outros são sempre os que saem lucrando.

Alfredo cortou a arenga do tio:

– Pois eu já resolvi, vou para Uruguaiana, isso aqui não tem mais futuro.

– Um dia todos vamos ter que sair daqui – disse a mãe triste. – Não seria melhor sairmos todos juntos?

– Eu não aguento mais – encerrou ele.

Quando Eduardo chegou em casa para almoçar, no dia seguinte, encontrou o pai de cara amarrada, a irmã fingindo que trabalhava no quintal, a mãe chorando em silêncio na cadeira de balanço, crochê largado sobre o colo. Alfredo viajara mesmo, deixando apenas um bilhete de poucas palavras, despedindo-se da mãe e dos irmãos, pedindo perdão ao pai, sabia que eles iriam sofrer muito com a sua decisão, mas era melhor assim, "às vezes – dizia ele – uma cirurgia é melhor do que meros paliativos". A mãe perguntou a Eduardo "que será que Alfredinho quis dizer com cirurgia? Será que meu filho está doente?". Ele disse que não, Alfredo falara assim para justificar o seu gesto; cirurgia em vez de tomar remedinhos. Ficou com pena da mãe, ela estava envelhecendo com o passar das horas, caminhava encurvada, custava a levantar-se da cadeira, não era mais a mesma mulher.

Pela tarde Eduardo passou pelo Minuano. Estavam lá os rapazes da Baixada jogando bilhar na única mesa prestável. Pano desbotado pelo uso, tacos tortos, com giz trazido do colégio. Havia uma caixa deles num canto da mesa.

Esfarrapado, gasto nos seus 65 anos, o coveiro João bebia uma cachaça com pitanga. Eduardo bateu nas suas costas:

– João, sempre o mesmo, como vai o serviço?

O velho passou a mão descarnada pela cara murcha, "mas então o menino não sabia que as coisas não iam boas para ninguém?". Ficou falando para as moscas: tanto trabalho para levantar sepulturas bonitas, negócio feito com arte, até anjos de cimento ele havia trazido de fora, capelas com porta de vidro, cruzes de madeira de lei. Para quê? Não ia demorar muito e tudo acabava debaixo d'água, ninguém ia se lembrar de que naquele lugar existira Abarama.

– Pensando bem – ele sorriu com dois dentes –, Deus sabe o que faz, vai ver isso não presta mesmo.

Falou baixo, só para Eduardo:

– Um dia Deus mandou o dilúvio cobrir a terra com água. Abarama nem se compara com o mundo, nem bicho existe aqui, tirante uns cavalos, uma mula, quase nada. – Eduardo pediu uma cerveja e ficou onde estava. – Claro – continuou o coveiro –, as pessoas sempre querem saber como agarrei esta profissão, esse negócio de enterrar gente como quem planta um pé de milho.

Eduardo continuou bebendo cerveja.

– Pois conte logo a história, meu velho, hoje estou com tempo.

– Foi assim: quando minha mulher morreu não havia coveiro. Foi a primeira pessoa a morrer em toda a redondeza. Então o remédio foi eu mesmo cavar o buraco, emendar dois caixões vazios de querosene – o rapaz atalhou, "Jacaré" –, isto mesmo, querosene Jacaré, e lá enterrei a Inês. Eu achava que estava enterrando a pobrezinha viva, parava o serviço e botava o ouvido no peito dela. Para falar a verdade, até hoje ainda não tenho certeza se ela estava mesmo morta ou se morreu debaixo da terra. E isto feito com as minhas próprias mãos! É duro, meu filho, muito duro mesmo.

– Eu sei – disse Eduardo –, e depois ia todas as noites na sepultura dela para conversar.

– O menino sabia disso? – Prosseguiu: – Ao lado dela me sentia bem, falava, falava e de vez em quando, palavra de honra, ela respondia, a pobre. Outras pessoas foram morrendo e eu ajudando no serviço. De começo só por ajudar, depois para ganhar um dinheirinho, até que o subprefeito entendeu que o cemitério bem que podia ser ali mesmo, oficializou a coisa e a minha Inês terminou não ficando só, hoje aquilo está uma cidade. Não me conformo com a barragem, é uma falta de respeito enfiar de caso pensado todo mundo debaixo d'água, não é a mulher deles, nem os filhos deles, tanto faz.

Sabe o que eu queria nesta altura da vida? Enterrar a mãe de um desses malfeitores aqui para saber se eles iam continuar fazendo esse negócio sujo.

Eduardo concordou, bateu de novo nas costas dele e foi para casa.

Estava vazia, o tio na estação. Até na sala havia o miasma da doença do velho, um cheiro mefítico, adocicado, cheiro da urina açucarada. A mesinha de cabeceira atopetada de vidros de remédio, ampolas de injeção, comprimidos, latas com algodão, seringas, caixas com agulhas, um armário de canto com prateleiras – remédios como numa farmácia. Eduardo abriu alguns vidros, eram comprimidos: começou a trocá-los, a misturar xaropes. O velho bem que poderia morrer pelas próprias mãos. Encontrou uma caixinha de cápsulas de duas cores, abriu uma delas, derramou na mão um pozinho branco. E se substituísse nas cápsulas aquele pozinho por outra coisa? Trouxe o açucareiro da cozinha, encheu-as de novo, limpou o esfarinhado que caíra, passou o lenço, depois foi para o banheiro. Sentia-se sujo depois de pegar naquelas coisas todas. Quantas daquelas cápsulas engoliria o velho por dia? Que efeito teria aquela quantidade de açúcar na sua diabetes?

Quando o velho chegou, Eduardo estava deitado. Parou à porta e chamou por ele. Eduardo apenas grunhiu, não estava disposto a conversar. Ouviu, logo depois, o barulho de copos e de vidros, ficou tenso, estaria na hora de tomar as cápsulas? O tio disse que se fosse autoridade no país pegava o sargento Euzébio e os dois praças e submetia os safados à corte marcial, fuzilaria os sacripantas em cima de um tablado, na praça.

– Que militares são esses que abandonam aqueles que pagam impostos, que nos entregam à sanha dos ladrões, que passam a chave na porta da cadeia e dão às de Vila Diogo, sem a menor responsabilidade? Vou escrever tudo isso para Porto Alegre, vou denunciar essa corja ao comandante da Brigada, a coisa não fica assim. Se for preciso bato às portas do governador. Está me escutando, Eduardinho?

Outro grunhido. O velho prosseguiu enquanto mexia com os remédios e selecionava vidros.

– Amanhã vou procurar o Coronel Hilário, afinal é a autoridade número um aqui de Abarama, precisa tomar uma atitude, é muito cômodo receber dinheiro dos contribuintes e passar o dia dormindo sobre uma escrivaninha, ou então recebendo esses tais de engenheiros, umas boas biscas sem alma e nem lei. Seria muito engraçado eu amanhã abandonar a minha estação, dar uma figa para o governo que me paga. Ou se é um homem ou não se passa de um rato. Está me ouvindo, Eduardinho?

– Por favor, eu quero dormir.

O tio ficou em silêncio, arrastou os chinelos pela sala, entrou no banheiro deixando a porta aberta. Disse de lá:

– Fiquei muito sentido com você, Eduardinho. Sei que todo mundo anda nervoso com esse negócio da barragem, mas isso não é motivo para ofender as pessoas, ainda mais as pessoas do mesmo sangue. Se eu contasse isso a seu pai nem sei o que ia acontecer. Sabe como ele é, um homem reto. Pode-se dizer tudo do Juca, menos que não saiba educar os filhos, para isso nunca lhe faltou energia.

Eduardo disse da cama, voz abafada:

– Sou maior de idade, faço o que bem entendo e saiba que não estou disposto a passar a noite ouvindo lamúrias. Já disse, o senhor pode morrer quando quiser, ninguém notará nada. Aliás, qualquer pessoa enxerga que o senhor está ficando cada vez pior, nem sei se terá tempo para devolver a chave da estação antes da inundação.

O velho disse, choramingando:

– Continua, meu filho, continua. Será que não resta um pingo de humanidade para com os seus semelhantes?

Tossiu muito, depois passou a beber água. Bebia quatro, cinco, seis copos d'água por noite, uma sede que não acabava mais. Eduardo sabia que naquele momento ele preparava a seringa para a injeção de insulina e para isso não se valia de ninguém.

O velho apagou o bico de luz da sala – faltavam cinco minutos para a subprefeitura desligar o gerador – e ainda falou debaixo das cobertas:

– Aquele biltre do Paulinho Pereira foi outro. Largou o banco como quem larga um limão chupado. Para mim, ouviu?, ele andou sabendo alguma coisa a respeito da sua mulherzinha, das suas sem-vergonhices. Ela nunca foi grande coisa. Desconfio até que andou de namoro com você, Eduardinho. Sim, não me vem jurar tolices, reparei muito bem nos olhos dela no dia em que falei em você, olhos de cadela no cio; ah, e o Paulinho a mexer em fichas de crédito e débito, a negar dinheiro para todo mundo, sei lá. Eduardinho!

– Quero dormir, tio.

O velho passou a falar numa voz de falsete:

– Me diz aqui uma coisa, meu filho, a sem-vergonha andava ou não andava de arreganhos com você? Eduardinho! Claro que ela andava, e agora você finge que está dormindo só para não ter que confessar a verdade. Pouco importa, eu sei das coisas. Olha, ela até que sempre foi bem ajeitadinha, uma cintura mais fina que a da Dona Zoraide. Não precisa dizer nada, eu sei de tudo.

Eduardo tapou as orelhas com as cobertas e dormiu pensando na melhor maneira de matar o velho. Uma corda fina esticada no pátio, à entrada da porta dos fundos. Fratura em gente velha não solda mais. Numa caçada, talvez, uma arma disparando sem querer, um acidente, tantos aconteciam. Ou então sufocando-o com o próprio travesseiro enquanto dormia. Bastava apertar um pouco, prensá-lo com os joelhos. Ou empurrando-o na beira do poço, enquanto tirava água. Uma breve travessia no rio Jacuí, o barco virando, tantos barcos viravam. Ninguém faria muitas perguntas, depois.

V

Para Eduardo eram as melhores horas da noite. Tio Lucas ia para casa dormir. Sumia. Ele já não suportava o cheiro da diabetes, dos remédios do tio, daquele enjoativo fedor de urina. Do seu canto ouvia Cidinha riscando a caneta áspera na folha de papel em branco, achava que ela desenhava muito bem. Sua mãe dizia: "Quando nós sairmos daqui a Cidinha vai cursar uma boa escola de desenho, ela nasceu para isso". Seu pai acrescentava "ela não tem mais idade para essas coisas". Começara a fazer frio. Eduardo enrolava um pedaço de flanela nos pés e pegava uma velha revista para ler. A mãe, com o xale de lã sobre os ombros, tricotando sem parar. De vez em quando levantava os olhos tristes, muito azuis em contraste com a pele do rosto escura e murcha. Ela contava os pontos movendo os lábios e puxando com a mão esquerda o fio embaraçado do novelo. O velho encolhido na poltrona, sem ler e sem fazer nada; dormitava debaixo do gorro de pele de jaguatirica. O filho notava os seus dedos engelhados remexendo no interior dos bolsos do casaco. Cidinha sempre desenhando com empenho, os grandes seios descansados sobre a mesa de jantar.

Tio Lucas, em casa, pensou Eduardo, já devia estar deitado, bebendo os seus intermináveis copos de água e naquele momento botando pomada nas suas frieiras, quem sabe engolindo as cápsulas com açúcar. Sentia que todos pensavam na mesma coisa, mas poucos tocavam no assunto. Era a barragem. As pessoas desaparecendo, tio Lucas não perdendo ocasião para dizer que todos não passavam de uns covardes, gente sem fibra, os engenheiros pouco ligando para a sorte do próximo, era para isso que tiravam cursos e espiavam naqueles binóculos de três pés, mandando as máquinas cavarem, levantando muros imensos de cimento armado e volta e meia embarafustando pela vila, no maior cinismo. Então o velho se lembrava dos homens da Baixada: "Que fazem esses malandros que não se reúnem e tocaiam os bandidos? Afinal vão ter que sair daqui a toque de caixa." Eduardo pensou na corda estendida nos fundos da casa, o tio tropeçando nela, quebrando a perna, a bacia. A diabetes não deixa os ossos colarem. Ou isso não era verdade?

    A mãe suspendeu o movimento dos dedos e olhou para ele. Compreendeu o que ela queria dizer, estava na hora dos comprimidos do pai. Sobre a mala inglesa que fazia às vezes de mesa de centro havia sempre um copo com água para a hora do remédio. O pai jogou as bolinhas na garganta e tomou goles curtos, como se mastigasse. A mãe disse:

– Para onde teriam ido Seu Botelho e Dona Maria? Numa época dessas, as coisas por aí tão difíceis, as crianças com o colégio pela metade, eles com pouco dinheiro; e ainda por cima não levaram nada, saíram praticamente com a roupa do corpo.

    Seu pai disse: "Devem ter ido de carroça, não havia outro meio". A mãe voltou a tricotar.

    Cidinha levantava o papel na altura dos olhos, estendendo o braço, e ficava analisando o desenho. Era um grande navio soçobrando num mar encapelado, grossos rolos de fumo saindo das chaminés inclinadas e o entrevero dos passageiros procurando os escaleres. Demorou com o desenho sob a luz mortiça do lampião – era de madrugada e o gerador já fora desligado. Eduardo pôde admirar a riqueza de detalhes do desenho, quase uma iluminura, os riscos todos bem ordenados, firmes; de quem ela havia herdado aquela habilidade? O capitão se destacando no tombadilho, não pelo tamanho, mas pela dignidade. Quatro listras de sutache nas mangas, a barba cerrada como convém a um autêntico comandante. Edmundo Pescador, pensou. Era isso mesmo, era como se fosse o líder da Baixada. Ele seria o último a abandonar o navio, como é de tradição no mar. Aquilo saltava do papel. Cidinha então largou a folha na mesa, pegou de uma outra e recomeçou tudo, primeiro delineando a lápis, depois acabando com a pena molhada no vidro de nanquim.

A mãe, mais uma vez, interrompeu o tricô e falou movendo os lábios sem pressa, calma, como fazia em certas horas. "Meu filho, não prefere ir dormir? Quem sabe deixa essa leitura para amanhã?" Ele quis argumentar que ainda era cedo, olhou para o relógio, mas ele estava parado e ninguém ali saberia dizer quantas horas seriam. Mas o tempo, de fato, não importava, a não ser para aquela gente que devia andar pelas biroscas da Baixada e que de manhã muito cedo pegava dos seus barcos e saía para o trabalho. Enquanto Eduardo fingia grande interesse pela leitura – era uma história de mistério, um detetive inglês a desvendar um crime qualquer num daqueles tenebrosos parques encobertos pela neblina de Londres –, notou que a mãe falava com o velho, parece que recriminando qualquer coisa. Ela dizia "três malhas ponto laçada não sei por que não aproveitas para deitar três malhas três pontos juntos eu sei que deves estar preocupado com essa pobre gente que não sabe para onde ir; nosso filho Alfredo também, bem que ele podia esperar um pouco mais, paciência é uma virtude, três pontos laçada mas na verdade o mau exemplo foi dado pelo próprio gerente, nem um até logo, não teria feito mais do que a obrigação".

O pai só abria os olhos e espiava enviesado. Não dizia nada, limitava-se a franzir a testa, espremer os olhos, Eduardo descobrindo nele uma espécie de estranho sorriso. Teve vontade de ajudar a mãe, que ainda perguntou "por que não vai deitar?". Preferiu calar. Cidinha desenhando e riscando, indiferente ao que se passava em redor, o ruído da pena riscando o papel, enervando os outros. De vez em quando, cronometrado, o plic da ponta da pena no fundo do vidro de tinta. Agora caprichava num outro desenho, outro mar encapelado, novamente as ondas salpicadas de espuma, tudo arrendado, os escolhos do naufrágio flutuando em desordem, braços e mãos de gente submersa, nem o capitão se via mais; quase perguntou por ele, mas era evidente que havia desaparecido junto com o navio. "Pobre capitão", disse a mãe, que começara a prestar mais atenção ao trabalho da filha. Ele pensou "pobre tio Lucas, afogado no fundo de toda aquela água, naquela imensidão de mar, na certa carregando consigo vidros de remédios e ampolas de insulina". O capitão não era mais, para ele, Edmundo Pescador, mas o tio, de boné e de barba. Notou que a mãe ficara de olhos úmidos, mas ele não sabia se teria sido pela sorte do capitão que morrera heroicamente no seu posto, ou se seria pelo pobre diabo do Edmundo Pescador, ou se pelo tio, ou quem sabe pelas águas da barragem, pela sorte de Alfredo que desaparecera, ou toda a família do padeiro, talvez até mesmo pelo sargento Euzébio Machado e seus dois praças; por ele que estava naquela fria madrugada num lugarejo que afundava e a mãe, na certa, sabia de todas essas coisas e muitas outras.

Ela passou a manga nos olhos e disse:

– Mais alguns dias e apronto este teu pulôver.

– Ora, mãe, esqueça isso que o inverno este ano não vai ser dos piores. A senhora não devia estar acordada até alta madrugada, com esta luz de lampião. O pulôver pode esperar, tenho outros.

Achou que devia dizer a ela "chega de tanto abrigo, essa mala inglesa está que não cabe um dedal e tudo tricô feito pela senhora". Mas isso poderia deixá-la triste, a mãe era sensível a essas coisas. Ele poderia levantar, abrir a fechadura com um repelão inesperado, não dando tempo para que ela protestasse, e tiraria de lá mantas, meias, pulôveres, xales, casacos, salpicaria a sala de bolinhas de naftalina, provaria para ela que todo aquele seu trabalho estava sendo inútil. Por favor, que fosse dormir. Mas não disse uma palavra e nem tirou das mãos dela as agulhas de aço. Eram como se fossem dedos e ao amputá-los verteriam sangue. Pelo relógio imóvel o tempo não passava nunca. Resolveu, então, não falar sobre a inutilidade de seu trabalho. A pobrezinha estava tão imagem dela mesma que seria um crime quebrar o seu encantamento, partir a madrugada pelo meio. Se não trabalhasse ficaria como o pai, dormitando sentado, as mãos nos bolsos, dedos remexendo sem descanso.

A contragosto ficou olhando para os dois fechos destrancados do malão, esperando que a qualquer momento a mãe largasse as agulhas, fosse até lá, abrisse a tampa tacheada e enfiasse para dentro o que tinha nas mãos. Não sabia por que, mas achou que se ela fizesse isso não teria desfeito a ferrugem dos engates, nem tocaria no azinhavre do latão. As mãos dela lhe pareceram irreais, transparentes, como se fossem de vidro. Nessas madrugadas não se lembrava de ter ouvido nada lá fora, nem vento, nem chuva, nem passos, assim como se não existisse coisa alguma além daquela sala.

No dia seguinte, enquanto via o tio beber com sofreguidão o seu café sem açúcar, notou o malão fechado, os trincos do mesmo jeito, o pó acumulado e o relógio marcando a hora certa. Tio Lucas, com seus olhinhos movediços, mexericando em tudo, contando os casos do dia, falando mal dos outros, que cada um levasse a vida que quisesse, não era a palmatória do mundo. Disse:

— Falam que a política não anda boa, mas eu pouco me importo com isso, me interessa mais o destino de Abarama. Que pretendem fazer com isto aqui? Eles que digam, que tenham a coragem de dizer. Chega de negaças, de mentiras. A autoridade pode chegar e dizer: "Vamos fazer isso e aquilo, quem não gostar que levante o dedo". Acho mais honesto, mais decente.

Tomava um gole d'água e bochechava com ruído, pouco ligando para a presença dos outros.

— Amanhã vou interpelar o coronel Hilário, ele tem obrigação de saber das coisas. E se sabe, por que não diz?

Abria bem a boca e palitava a dentadura. Virou-se para Eduardo e perguntou se pretendia passar mais uma noite acordado. Ele respondeu que sim. Esperou que o velho saísse e fingiu interesse pela revista com aquela história de detetive inglês. Deixou a noite correr, os galos voltarem a anunciar a madrugada. A mala o atraía, as coisas guardadas nela estavam condenadas a submergir com Abarama. E caía na mais negra tristeza por compreender que todo o trabalho das frias noites estava reduzido à escuridão daquelas paredes de couro e madeira. Um trabalho de amor, assistido por ele e pelos olhos opacos do pai que quase nunca dizia nada, mas que lhe dava a impressão de discordar do vaivém das agulhas trançando e enlançando a teia interminável de fios. E como lá fora as madrugadas começassem a ficar mais frias e silenciosas, o pouco calor daquela sala o prendia mais do que a casa do tio, onde sentia nojo e medo, nauseado com a morrinha dos quartos, onde tudo grudava e era pegajoso.

Numa daquelas noites Cidinha suspendeu a pena do papel e disse "estou cansada deste trabalho, afinal não sei o que fazer com tudo isso depois de pronto. Inútil, sabem, tudo muito inútil. Não consigo mais achar o capitão e estou com muita pena dele". Sua voz era mansa e rouca: "Fiquei sabendo que ele não abandonou o navio, eu avisei, ele se recusou, queria afundar com o barco, sabe como esses homens são. A casa dele ficou com tudo o que tinha dentro, portas e janelas abertas, uma vela acesa aos pés de São Jorge. Quem me disse isso foi o velho Pepinho. Padre Bartolo ficou abatido, o capitão ajudava muito nas missas." Eduardo disse: "Há muito que o padre não reza missa". Cidinha fez cara de zangada.

– Não reza porque os católicos daqui resolveram esquecer a igreja justamente na hora das desgraças. Cada um de nós vai pagar por isso.

Ela falava e só ele escutava. O pai dormitando, a mãe tecendo os seus intermináveis fios. Fingiu que não ouvia, então Cidinha retomou a pena e voltou a desenhar amuada.

Foi quando aconteceu o inesperado: tio Lucas entrou porta adentro, Eduardo ouviu seus passos nas tábuas do assoalho do corredor, ele surgiu na sala envergando um velho sobretudo que cobria o pijama listrado de pelúcia. Sentou-se numa cadeira a seu lado.

– Não consegui dormir, piorei muito do peito, falta de ar e, parece mentira, fiquei o tempo todo ouvindo o barulho das águas inundando a vila.

Eduardo continuou impávido a olhar para a revista policial. O velho parecia não enxergar ninguém mais na sala. Disse:

– Admira-me que você fique aqui até quase de manhã, podendo estar dormindo com esse frio todo.

– O senhor me diz isso – falou Eduardo largando a revista – e no entanto deixa a cama, sai para o frio e ouve águas fantasmas.

Notou que tudo continuava na sala do mesmo jeito e ninguém tomara conhecimento da entrada intempestiva do tio. O velhote esfregava as mãos com frio. Perguntou se ele sabia da última. Eduardo disse que sabia, Cidinha lhe havia contado, o capitão afundara com seu navio.

– O capitão? – exclamou o velho. – Pois eu soube da professora Enedina; não deixou bilhete, não avisou ninguém, nem aos pais das crianças. Como pode ser?

O rapaz olhou bem para ele, estava com cara de ator japonês, o pijama ridículo aparecendo sob o casacão ruço. O ator perguntou: "Estás realmente lendo ou podemos conversar um pouco?". O sobrinho fez um gesto de irritação, afinal, vinha estragar o serão e pouco lhe importava se falasse ou não, desde que não fosse obrigado a responder. O velho disse:

— É incrível que uma pessoa se mantenha indiferente em meio das maiores desgraças, pessoas que não procuram fazer nada de útil, incapazes de reagir. Pelo menos conversar, trocar ideias, dizer o que pensam. Estas ruas, as casas, tudo o que existe dentro delas, um dia vão ficar debaixo d'água. E o que me diz da gente que desaparece, que de uma hora para outra sai de casa, sem um adeus, uma explicação? Eu não peço muito, não quero o impossível e nem sacrifício de qualquer vivente, pelo menos "vamos embora, nosso endereço agora é este ou aquele, felicidades".

 Eduardo fingiu que continuava lendo, ninguém ali parecia ver ou escutar o velho; em outra ocasião a mãe teria oferecido uma xícara de chá para o cunhado, ou respondido qualquer coisa à sua arenga. Devia ter dito a ele melhor seria o senhor calar essa boca, ficar onde estava, deixar os outros em paz, meter-se com a sua vida. Alguma vez sentira remorsos? Sabia o que vinha a ser isso? Ora, que não o amolasse boa noite. Mas ficou calado, não valia a pena.

 — Será que pretende passar o resto da madrugada aqui, sozinho? – perguntou o tio.

 Simplesmente não tomava conhecimento da presença do irmão, da cunhada e da sobrinha. Ou estaria ficando cego? Olhou para ele como quem olha para uma tartaruga sentada numa cadeira de balanço. Largou a revista, caminhou para junto dele:

 — Não sei o que lhe faria se nós dois estivéssemos sozinhos aqui, palavra, nem quero imaginar.

 O velho olhou em redor:

 — Mas não estamos sozinhos?

A mãe fez um sinal, Cidinha virou-se, o pai abriu os olhos e sorriu. Ninguém estava disposto a tomar conhecimento da existência do velhote e isso talvez o desapontasse. Alcançou o remédio para o pai, o copo d'água, tudo se desenrolando como nas noites anteriores. Finalmente cada um tomou o seu rumo, o tio ali parado, tiritando de frio, parecia febril.

– Pois fique sabendo que pouco me importa que as águas invadam a terra inteira, que afoguem meio mundo – disse Eduardo –, uma coisa é preciso que o senhor fique sabendo e não pretendo repetir mais. Tem tanta sorte que não vai ver esta terra alagada, não vai viver tanto, vai morrer debaixo d'água como um boneco e junto com o boneco as suas seringas e potes, vidros e comprimidos. Estou cansado disto tudo e principalmente de um certo tipo de pessoa que não sabe fazer outra coisa senão meter o bedelho na vida dos outros.

O velhote arregalou os olhos, "está se referindo a mim, meu filho?".

– Não, ao rei da Pérsia, ao imperador da Etiópia. E tome nota de uma coisa, esta mala de camarote é minha, ninguém vai botar a mão nela, nem vai abrir jamais os seus fechos, ninguém saberá o que há aí dentro, nem as águas da barragem.

O matreiro, quando queria, se tornava sonso, velhaco, dissimulado, pensou Eduardo.

– Mas eu não quero nada com essa mala, meu filho, que ideia é essa?

Tremia tanto que se ouvia o matraquear da dentadura; levantou-se, desdobrou o mais que pôde a gola do sobretudo, começou a sair da sala, sestroso.

– Vou deixá-lo sozinho, será como você quer. Agora vou dormir. – Da rua gritou: – Quando chegar em casa é só esquentar o café do bule que vou deixar em cima do Primus. Carregou o corpo desengonçado, sumindo de vez.

Só então Eduardo notou que todos haviam retornado à sala, a mãe em breve pausa no manuseio das agulhas, trocando olhares dissimulados com o velho que, desta vez, não dormia sob o boné peludo. Cidinha aplicava-se ainda mais no desenho do naufrágio. Teve a certeza de que nenhum deles ouvira uma palavra sequer da sua conversa com o tio.

Olhou o relógio e viu que estava novamente parado, a madeira perdera o lustro e o pêndulo de cobre ainda azinhavrado. De bonito mesmo só o cavalo de marfim, crinas ao vento, no topo do capitel cheio de arabescos encimando o mostrador romano. Mas era uma lástima que lhe faltasse uma das patas dianteiras.

Pela primeira vez viu a mãe abrir a mala inglesa e nela guardar um pulôver. Enxergou lá dentro, de relance, tudo o que a pobre vinha tricotando anos e anos, naquelas frias madrugadas de inverno. Sentiu vontade de dizer a ela que não valia a pena tanto sacrifício por nada. Tio Lucas tinha razão quando afirmava que um dia as águas iam chegar e tudo se perderia afogado. Num lampejo teve a certeza de que ela, a pobrezinha, sabia de tudo. Mas era muito obstinada. E pior ainda: se um dia todos tivessem de ir embora, ela permaneceria ao pé de seu precioso malão, indiferente ao minuano que fustigava o arvoredo e às águas que tomariam conta de tudo por quilômetros e quilômetros quadrados.

VI

Quando Eduardo chegou em casa, na manhã do dia seguinte, não precisou de muita argúcia para saber das coisas. No chão do corredor, amarrotado, viu um dos desenhos da irmã; as águas encapeladas, o navio submerso, destroços boiando, o bravo capitão desaparecido. Ouviu o choro fininho da mãe, na cozinha, e a porta do quarto fechada. Na certa o pai lá dentro, numa daquelas crises de melancolia. Juntou do chão a folha desenhada, depositou-a sobre a mesa e foi ao encontro da mãe. Ela estava sentada ao lado do fogão, mexendo numa panela, sem olhar, lágrimas correndo pela face. Não notou o filho, parecia não ver nada, o rosto impassível. Ele se lembrou de uma cena igual, havia muitos anos. Quando da morte da avó? Fora numa noite, na cozinha mesmo. Alguém morrera ou estaria morrendo. Ou teria sido a irmã doente, febre alta, o médico esperando o pior? Não era um choro derramado, mas contido, íntimo, quase envergonhado, como a não querer perturbar os outros, nem se fazer notado. Ela lhe pareceu uma figura desenhada a nanquim, pela irmã. As lágrimas seriam pelo capitão arrastado com o navio para o fundo do mar. Ou seriam por algo de dentro do malão. Eduardo imaginava tais coisas para não ter que confessar a si mesmo que já sabia de tudo, como se tudo já houvesse acontecido, como nos velhos filmes que se torna a ver. Ela continuava mexendo na panela, lá dentro só havia água. Limpou o nariz com a manga do vestido:

— Cidinha, meu filho, Cidinha — disse a mãe —, a desgraça agora escolheu a nossa casa, eu sei que deve ser assim, cada um paga o seu quinhão.

Eduardo perguntou: "Ela fugiu com Seu Fortunato, da farmácia?".

— E não deixou um bilhete, meu filho. Então uma filha vai embora e não é capaz de uma palavra, de um beijo de despedida, de uma explicação?

O filho comentou, como se estivesse no meio de uma conversa habitual com a mãe:

— E aí ficou Dona Mercedes com os dois filhos menores.

— Será que Deus não está mais olhando para a gente? Ou não existe mais Deus e é por isso que todas essas pragas estão caindo sobre nós? — ela disse.

Ele perguntou onde estava o pai.

— Está fechado no quarto, não quer falar com ninguém, não quer comer, não sei o que será do pobre do Juca — disse ela sempre mexendo a água dentro da panela, em cima da chapa do fogão apagado.

Eduardo passou a mão nos cabelos dela, não sabia o que dizer. Foi até o quarto, forçou a porta, estava fechada por dentro. Colou o ouvido na tábua, nada. Mesmo assim se achou na obrigação de bater com o nó dos dedos, falou com voz mansa:

— Que é isto, papai, quem sabe as coisas não aconteceram assim como dizem, venha comer alguma coisa, as aparências enganam. Olhe, eu vou procurar Cidinha.

Saiu de casa e encontrou tudo deserto. Ninguém pelas ruas, as casas fechadas, até os cachorros haviam desaparecido. Seu primeiro pensamento foi para o tio, o velho aproveitaria a desgraça para dizer que sempre tivera razão, que sempre desconfiara das atitudes de Cidinha, que a menina estava sendo criada com muita liberdade.

Atravessou a praça e entrou na farmácia. Não havia ninguém, o balcão abandonado. Gritou, bateu forte com uma chave nos vidros de comprimidos, passou para o quartinho onde Seu Fortunato aplicava injeções e viu que a porta dos fundos também estava aberta, tudo abandonado. Caminhou pelo quintal, alcançando a outra rua, dirigiu-se para a casa do farmacêutico, empurrou a porta que estava apenas encostada, dali chamou por Dona Mercedes. Foi entrando, parecia não haver vivalma. No quarto encontrou a mulher deitada na cama do casal, lençol puxado até o queixo. A seu lado os dois filhos, o menino de uns dez anos e a menina mais moça, deitados e cobertos como a mãe. Pareciam dormir.

– A senhora está bem, Dona Mercedes?

Ela abriu os olhos, ficou um instante sem dizer nada, depois gritou histérica:

– Por favor, me mate, não quero mais viver, por favor.

Eduardo sentou-se na beira da cama, disse que estas coisas acontecem, ela sempre fora uma mulher corajosa, precisava reagir, afinal, ainda tinha dois filhos para criar, eles precisavam dela, agora mais do que nunca. Como continuasse olhando sem falar, ele ainda disse:

– Volte para a farmácia, tome conta do negócio, o tempo é ainda o melhor remédio para essas coisas.

Ela então começou a rir, um riso nervoso.

– Pois o mocinho acha isso, de verdade? Quem lhe teria dito essas coisas? Sua irmãzinha desavergonhada ou o padre Bartolo, que se preocupa mais com o seu cinema do que com a igreja? Vá embora e não me apareça nunca mais.

Eduardo ainda tentou dizer que ela estava errada, que não devia falar assim do padre e que vinha ali como amigo. Reprovava a irmã tanto quanto ela, mas achou melhor ficar calado. Disse apenas que se precisasse dele estava às ordens. Ela riu novamente:

– Muito obrigada, admiro gente de bom coração. Me faça um favor: ao sair feche as portas e as janelas e diga aos engenheiros da barragem que já podem inundar tudo; eu não pretendo sair daqui, diga isso aos homens, eles que não se preocupem comigo e nem com os meus filhos, nesta casa não há mais ninguém.

E como Eduardo não se mexesse, ergueu metade do corpo com dificuldade, estendeu o braço mirrado e apontou a porta:

– Saia deste quarto imediatamente, não permito essas intimidades, respeite pelo menos os meus filhos. Vamos, saia já.

Ele se levantou, viu que não adiantava insistir. Lançou um último olhar para as crianças e teve quase certeza de que os dois estavam mortos, os cabelos sem brilho e as carinhas brancas como se estivessem pintadas de cal. Dona Mercedes havia puxado as cobertas, tapando o rosto. Já na porta da rua ainda ouvia o seu riso histérico.

Encontrou o padre Bartolo saindo do cinema, a queixar-se, havia quase dois meses que não conseguia dar uma função sequer. Abria as portas, acendia as lâmpadas da fachada, colocava os cartazes na calçada, grandes letras anunciando o filme, e ninguém ali demonstrava o menor interesse em comprar uma entrada, não se detinham nem para olhar as fotografias.

– Estamos nos tempos do apocalipse, meu filho, tudo por obra e graça dessa maldita barragem, desses enviados de Satanás.

Eduardo disse que acabava de sair da casa do farmacêutico, deixara lá dentro a mulher de Seu Fortunato e os seus filhos, os três deitados na cama do casal, ela rindo feito doida, as crianças parecendo mortas. O padre olhou meio espantado para o rapaz, enquanto recolhia um dos cartazes:

– Não me diga que Seu Fortunato foi embora também? Será que esse homem avaliou bem o que estava fazendo quando resolveu sair? E pode-se saber para onde foi e por que abandonou a família?

– Ele fugiu com minha irmã, padre.

– Ah, explica-se, explica-se! Mas agora eu pergunto: quem vai atender a farmácia, aviar receitas, dar injeções?

– Pelo amor de Deus, padre, eu estou preocupado com a mulher dele e os dois filhos. Acho que não estão bem. O senhor não quer dar uma chegada lá e conversar com a pobre?

– O menino não precisa me dizer o que devo ou não devo fazer, deixe isso comigo; claro que devo ir lá, embora a Dona Mercedes há muito que abandonou a missa, me contaram até que ela, nos últimos tempos, estava frequentando a Assembleia de Deus, se misturando com o povinho da Baixada. Ou o menino não sabia disso?

– Então o senhor, pelo visto, não vai lá – falou Eduardo querendo encurtar a conversa e ir embora.

– Já disse que vou – respondeu o padre –, mas é bom que todos aqui saibam que Deus lá de cima tudo vê e tudo anota;

o que está acontecendo com a nossa gente é puro castigo, cada um que trate de pôr a mão nas suas consciências, que olhe para dentro de si mesmo.

Puxou Eduardo pelo braço:

– Há muito ódio em tudo isso, meu filho. Vê o teu caso, por exemplo, ninguém pode viver assim alimentando vingança no coração.

Eduardo tentou explicar que não se tratava dele, mas da pobre mulher que se metera na cama com os filhos. Ficou confuso, "de que ódio o senhor está falando?". O padre falou baixo: "Deixemos para conversar noutra hora, eu tenho coisas mais urgentes a fazer". Despediu-se e iniciou a caminhada de volta. Eduardo gritou:

– Padre, o senhor vai ou não vai ver Dona Mercedes?

Ele parou, olhou para trás, indeciso, finalmente disse espalmando a mão: "Vou ver sim, mas agora não posso. Fique despreocupado, vai ser a primeira coisa que vou fazer amanhã cedo." E foi embora.

Quando Eduardo chegou em casa viu no fundo do corredor o tio sentado numa banqueta, a porta do quarto do pai ainda fechada. Passou pelo velhote e entrou na cozinha. A mãe permanecia no mesmo lugar, mexendo a panela com água, olhar parado, as lágrimas pingando. Ouviu a voz do tio, chamando-o, repetia o diminutivo do seu nome de maneira irritante. O velhote estava inquieto, polindo as unhas nas mangas do casaco, olhinhos ainda mais movediços.

– Vê só, meu filho? E depois dizem que eu não tenho razão quando digo as coisas. Cansei de alertar o Juca e a sua mãe sobre essa menina, mulher solteira se traz de corda curta, nada dessas liberdades de hoje em dia; Cidinha fazia sempre o que bem queria, era dona de seu nariz. Pensa que eu só desconfiava? Olhe bem para mim: eu sempre tive certeza. E agora, quem tinha razão?

Eduardo estava certo de que ouvira tudo aquilo num passado remoto. O tio naquela mesma cadeira, a camisa encardida, rota no colarinho amarrotado, a cara mole a sacudir quando falava. Seria capaz de adivinhar o resto: o tio caminhando até a porta da cozinha e de lá perguntando para a cunhada se não seria melhor acender o fogo e cozinhar alguma coisa para o pobre do Juca, desse jeito ele temia pela vida do irmão que ia acabar morrendo de fome naquele quarto. O velho fez exatamente o que ele previra, depois caminhou para junto do sobrinho, empurrando sempre os óculos para a parte de cima do nariz.

– E você – perguntou –, não vai sair e dar um jeito de encontrar a sua irmã? Ou acha que está tudo muito certo, que devemos cruzar os braços e pedir a Deus que abençoe essa união?

Eduardo engoliu em seco. Pela primeira vez na vida resolveu contar até dez. O velhote não calava a boca: "Então não sabe o que dizer, prefere fazer como o avestruz. Francamente, não entendo." O sobrinho disse em voz alta:

– Dez. Sabe, tio, prefiro não dizer nada, só peço que volte para a sua casa, para a estação, para um banco da praça, deixe mamãe em paz, ela já tem sofrimento de sobra. Ela agradece, mas não precisa de nada. Claro, o senhor sempre tem razão, o senhor é sempre o primeiro a saber das coisas, chega a adivinhar, lê o futuro e é o único nesta família a ter bola de cristal. Se quiser, continue assim, falando até ter a boca cheia d'água quando a barragem for fechada e tudo por aqui ficar alagado.

O velhote ficou meio perplexo:

– Já não consigo mais entender você, Eduardinho. Não tem jeito não, a gente vê logo que não pode contar com ninguém, nem mesmo quando a desgraça ronda a nossa própria casa.

– Com licença, meu filho – começou a sair –, não quero mal aos outros.

À noite, Eduardo resolveu beber qualquer coisa na Baixada, havia por lá botecos iluminados à luz de querosene, fritavam lambaris temperados com sal grosso para abrir a sede. Enquanto caminhava pensava na irmã, tudo tão de repente, ninguém mais desenharia navios afundando, náufragos lutando num mar tenebroso, o capitão de barba cerrada e que jamais abandonaria o barco. Lembrou-se de Edmundo Pescador, seria um bom companheiro para aquela noite. Tinha lá as suas histórias, era um homem. Nas ruelas esburacadas ele ia encontrando mulheres e crianças, ia dando boa-noite, cada um dos casebres espirrando claridade pelas frestas das paredes feitas com tábuas de caixotes e latas abertas. Homens e mulheres fumando no escuro, sentados nos barrancos, falavam em surdina. Das casas saía o mesmo som de um locutor esganiçado transmitindo uma partida de futebol. Um filho do velho estava à porta, no meio de alguns vizinhos. Eduardo quis saber do pai. Alguém perguntou de dentro "quem é?". Eduardo respondeu "sou eu, posso entrar?". Edmundo Pescador se fez presente no vozeirão rouco:

– Então é preciso pedir licença para entrar na minha casa?

Eduardo entrou, havia mais gente na salinha enfumaçada. Duas mulheres, uma preta gorda, mais três ou quatro pescadores; o velho de pé, nariz vermelho, cabelo emaranhado, o olho torto ainda mais enviesado. Foi direto à visita:

— Este rapaz aqui vai dizer se tenho ou não tenho razão, ele é pessoa de instrução, filho de dono de cartório, eu pergunto: devo ou não devo tomar satisfação dessa gente da barragem? Sabe, mandei lá uma comissão para dizer que ninguém sai sem indenização, estamos aqui há muito tempo, isso é nosso por direito. E sabe o que eles mandaram dizer? Que isso era coisa do Edmundo Pescador, que eles voltassem para me dizer que se a gente não sair eles mandam força policial para tirar todo mundo no tapa e que eu vou ser arrastado como porco. Uns mocinhos que vieram para cá não se sabe de onde e agora assumem ares de donos da terra, ameaçam, falam grosso e eu te pergunto, Eduardo, não é minha obrigação ir lá e tomar satisfação metendo o dedo no nariz de cada um? Um deles chegou a dizer que não tinha medo das fanfarronadas daquele velho comunista e agora eu quero que eles fiquem sabendo que quem não tem medo de arreganhos sou eu.

Adelaide, sua mulher, postou-se à frente de Eduardo, feições duras, pele ressequida pelo vento e pelo sol, poucos dentes, olhos vermelhos de quem houvesse chorado. Segurou o rapaz pelos braços, sacudindo-o de leve, voz esganiçada:

— Escuta aqui, menino, a gente só quer meter na cabeça deste velho idiota que assim não se resolve nada, eles têm as costas quentes, são do governo, ir lá e dizer desaforos só pode dar cadeia e vexame.

Virou-se para o marido, que nem olhava para ela, "ou queres te matar e não tens coragem de meter uma bala na cabeça?". Houve um murmúrio geral, todos queriam falar ao mesmo tempo, Edmundo acuado, nervoso. Não era homem de pedir licença para fazer o que bem entendesse. A mulher ainda gritou "pois vai de uma vez e não precisas mais voltar". Eduardo bateu nas costas dele: "Meu velho, essas coisas não podem ser resolvidas assim, é preciso ter a cabeça fria. Isso é para ser discutido num lugar quieto onde se possa beber alguma coisa e digo mais, tome nota, conforme for, vamos os dois meter o dedo no nariz daqueles almofadinhas." Todos ficaram calados, o rapaz olhou para a mulher, puxou Edmundo pela mão, o velho dizendo "tem razão, é bebendo que a gente se entende, um trago vem a calhar".

Entraram na birosca, encontraram lugar no balcão, pediram um aperitivo e logo chegou o pires com lambaris fritos. Eduardo passou o braço pelos ombros do velho:

– Estou deprimido, aconteceu uma desgraça lá em casa, ainda nem sei o que vou fazer.

Ele balançou a cabeça, que o rapaz deixasse de fazer drama, todo mundo sabia que Cidinha andava dormindo com Seu Fortunato, isso era coisa de muito tempo, mas que ele se lembrasse de que afinal ela não era tão novinha assim, pelo que sabia devia andar pela casa dos trinta. "Vinte e oito", corrigiu Eduardo, "mas como é que já sabia disso, se eu nem cheguei a contar?" O velho bebeu um gole para experimentar, estalou a língua, "não é das piores"; voltou ao assunto: "Meu rapaz, ninguém precisa me contar as coisas, já nasci sabendo".

– Deixa a menina viver a sua vida – prosseguiu –, a estas horas devem estar felizes, longe deste monturo, desta latrina, um lugar onde ninguém sabe onde sentar o rabo no dia de amanhã.

Bateu com a mão espalmada sobre o balcão, corrigiu o que havia dito:

— Ninguém sabe é exagero; eu sei e muito bem. — Confidenciou: — Pois ninguém vai arredar pé daqui, eles pensam que têm o rei na barriga, que são donos de tudo e ainda por cima me ameaçam como se soubessem o que estão falando. Que mandem tropa federal, batalhão ou regimento de cavalaria. Ninguém sai e estamos conversados.

Bebeu tranquilamente o resto do copo. Olhou em redor, sem muito interesse. Prosseguiu:

— Não se falou no assunto principal: vai comigo ou não vai tirar satisfação daqueles canalhas?

— Acho que devemos ir — disse Eduardo depois de alguma hesitação —, mas primeiro vamos beber mais, conversar, temos ainda muito tempo pela frente. Primeiro — bateu de leve na testa do velho — precisamos clarear as ideias.

— Acredita em aviso? — disse Edmundo.

— Depende. Que tipo de aviso?

— Pois vou contar uma coisa que não disse nem para a minha mulher. Conheceu o Pedro Tainha? Pois a gente estava pescando outro dia e veio na redada um peixe que eu nunca tinha visto em toda a nossa vida de rio. Um bicho preto de quase meio metro do rabo ao focinho. Vinte quilos, não deixo por menos e nem admito que duvidem da palavra de quem pescou nessas águas por mais de cinquenta anos. Emendando os peixes que eu já tirei desse rio dava uma corda de fazer a volta ao mundo. O mundo tem cem mil quilômetros?

— Acho que não — disse Eduardo —, no máximo uns sessenta mil.

— Pois o primeiro que botou a mão nele foi o coitado do Pedro. Sabe, o animal não tinha escama, era de pele, como bagre, barbatana em forma de garra, com unha e tudo, focinho de bugio, olho de gente, de abrir e fechar. O Pedro começou a tremer, eu disse "larga o bicho n'água. Lava as mãos que isso é instrumento de aviso". Ele ainda disse: "Que infelicidade, Seu Edmundo, peixe desses cair logo na nossa rede. É animal que traz desgraça." Depois ele cheirou as mãos e começou a chorar feito menino, gritando que elas estavam com fedor de enxofre e que enxofre é cheiro do diabo. Eu acalmei ele; era só impressão. Não dava para jurar, Eduardo, que era peixe de rio. Podia ser de mar. Agora, cheiro de enxofre eu senti. Tão forte que me deu medo de vomitar.

Eduardo notou que o velho estava emocionado de verdade. Preferiu mudar de assunto:

– Me diga o que se pode fazer no caso de Cidinha.

– Não terminei a história e já me vem com outra – reclamou o velho. – Fique sabendo, foi a última vez que falei com o Pedro. Dois dias depois, quando ele tentava livrar uma rede, desapareceu como por encanto, não voltou mais à tona. É de se acreditar nessas bruxarias, Eduardo? Em mim não pega nada, tenho o corpo fechado.

Eduardo estava pensando na mulher do farmacêutico. Ela mesma teria matado os filhos? Se fosse, não ia mais sair da cama até que se finasse de fome. Ou ia morrer afogada, quando as águas da represa chegassem. Sentiu raiva do padre Bartolo, a garantir que ia ver a mulher e depois esquecendo, mais preocupado com o cinema do que com outra coisa.

– Sabe, Edmundo – disse Eduardo depois de um breve silêncio entre os dois –, a coisa aqui está caminhando para um lado muito ruim.

Contou como encontrara Dona Mercedes na cama do casal, a coberta puxada até o queixo, os dois filhos mortos, a mulher rindo e dizendo coisas sem pé nem cabeça. O velho passou a mão na boca, olhou para o companheiro:

— Pois acho isso muito natural. As crianças aqui da Baixada se finam também e o padre nunca tomou conhecimento delas. Ele costuma dizer que a Baixada está protegida pelo Deus dos evangélicos e que não é o mesmo Deus dos cristãos. Pois se as crianças morreram, descansaram. O que já é uma grande coisa num tempo desses. Outro dia — prosseguiu Edmundo batendo no balcão e pedindo mais bebida — a viúva de um amigo meu ficou com o filho de quatro anos morto dentro de casa durante dois dias. Se não fosse a incomodação do mau cheiro até hoje ainda estava lá, a infeliz jurando que o filho havia desmaiado e que se alguém queimasse defumador Luz Divina o guri ia ficar de novo bom. Isso acontece, meu filho, não adianta a gente querer explicar.

Eduardo começou a sentir sono, o velho cada vez mais derreado na cadeira. Edmundo retornou:

— Do principal a gente nem falou. Afinal, devemos ou não devemos ir até lá tirar satisfação? Fique sabendo, o meu pessoal foi ouvido um por um e ninguém abriu a boca para dizer que sai daqui por vontade própria. Não querem ir embora, a terra é deles. E os bandidos enxotam a gente e não querem dar nem casa e nem transporte. E isso com tanto caminhão rodando por lá. Pois ninguém vai sair daqui — interrompeu para outro gole pequeno — a não ser morto.

Assumiu um ar de mistério, levou a mão ao rosto como se estivesse escandalizado:

— Eduardo, meu filho, acho que a gente só está dizendo besteira. Quem sabe já não estamos todos mortos, enchendo a cara como nos tempos de vivo? Até me dá vontade de rir desses defuntos todos. Para mim, cá pra nós, os engenheiros sabem disso. Estão só esperando para passar a patrola por aqui e jogar a ossada toda no rio. Vai ver é por isso que eles pouco estão ligando. Vão atirar no rio os ossos do subprefeito, do velho Pepinho, do padre Bartolo e agora da Dona Mercedes com as crianças. E nós, meu filho, e nós também.

– Já que vão fazer isso – disse Eduardo –, por que não aproveitam e jogam no rio os ossos do meu querido tio Lucas?

O velho concordou, muito bem lembrado, aquele malvado não valia um tostão de mel coado, era pior que casca de cobra.

O velho derramou uma boa porção de cachaça no balcão. Era para São Jorge.

– Sabe o castigo que ele merece? Pois vai ser o último a sair daqui, vai morrer babando.

– Se viver até lá – disse Eduardo, pensativo.

Saíram abraçados. Quando chegaram à porta da casinhola do velho, Eduardo despediu-se. Edmundo que fosse dormir, que pensasse bem, os tais engenheiros não valiam a pólvora de um cartucho, a sola dos seus sapatos. O velho concordou, agarrando-se às tábuas da parede. Era isso mesmo o que eles queriam, mas que ficassem esperando. A mulher abriu a porta enquanto ele desabotoava com dificuldade a braguilha, dizendo ao rapaz, que já se distanciava, que ia prestar uma justa homenagem àqueles vagabundos da barragem, pois era daquele vinho que eles mais gostavam.

Ao passar pelo cinema, Eduardo viu as portas abertas. Tudo escuro lá dentro. Na rua um luar muito pálido, desenhando sombras fracas nas portaladas e nos beirais. Parou para acostumar os olhos, espiou, não viu nada. Teve um sobressalto ao ouvir a voz do padre. Ele estava na saleta da frente, como um fantasma.

– Pode entrar, Eduardo, a entrada é grátis. Assim vamos ter uma pessoa na sessão de hoje.

– E pode-se saber o que está fazendo aí dentro numa hora dessas, padre?

– Onde queria que eu estivesse? Na igreja, rezando missa?

Apareceu na tênue claridade. A batina deixando em destaque a cabeça e as mãos. Disse:

– Pelo cheiro posso adivinhar que vem da Baixada, na certa bebendo com aquele desordeiro do Edmundo Pescador. Menino, toma cuidado!

– Padre, não é hora de sermão. Chegou a visitar Dona Mercedes?

O padre botou a mão na testa: "Dona Mercedes, Dona Mercedes, Santo Deus, pois não é que me esqueci mesmo daquela pobre criatura? Mas pode ficar descansado, amanhã cedo vou até lá, a coitada deve estar precisada do conforto da Igreja, ainda mais numa hora dessas. Alguém me disse que as pobres crianças haviam morrido. Ah, sim, tu mesmo. Pois é mais uma boa razão para não esquecermos aquele ser humano. Quanto aos anjinhos, nem se fala. Precisam de uma boa encomendação cristã".

– Eu não disse que as crianças estavam mortas – esclareceu Eduardo, revoltado com a indiferença do padre.

– Claro – disse ele começando a fechar as portas do cinema –, mas eu sei que elas estão mortas. Gente velha sabe muito bem dessas coisas, entende melhor, tem um sexto sentido.

Passou o braço pelas costas de Eduardo, começaram a caminhar, tudo em redor mergulhado num silêncio opressivo. Até que ouviram o cri-cri dos grilos. Primeiro do lado da praça. Depois das ruas vizinhas, das casas, do rio. Uma assuada cada vez maior, os insetos começando a chegar em ondas, batendo com violência nos dois que romperam a correr, o padre gritando "isso é mais uma praga, meu filho, praga dos céus".

Cada um tomou seu rumo, Eduardo sentindo que os bichos podiam entrar pelos ouvidos, pelo nariz, pela boca. Já começava a respirar com dificuldade. Empurrou de um golpe a porta da casa do tio, ao final de uma desesperada corrida, fechando-a com estrondo. Ouviu a voz do velho:

– Desse jeito vai me derrubar a casa. Está bêbado ou é só para me acordar?

Eduardo tratava de limpar a roupa, de sacudir os cabelos. Tinha os bolsos cheios de grilo. Gritou para dentro:

– Tio, abra as janelas para sentir o ar da primavera!

VII

O velho irrompeu na sala, o camisolão quase até os pés, trazia uma vela na mão. Perguntou:
— Algum bicho te mordeu?
— Vários bichos, milhares deles; não quer abrir a janela para sentir o ar da noite?

O velho prestou atenção aos ruídos de fora, largou o castiçal na beirada da mesa, abriu um postigo e espiou pelo vidro. Recuou assustado. Os grilos voavam em ondas, batiam contra as paredes, num zunido cada vez maior. Tornou a fechar o postigo. O impacto de fora era tão grande que ameaçava quebrar os vidros. Gritou para o sobrinho:
— Que loucura é essa, de onde saíram esses bichos?

O rapaz ainda catava grilos de dentro das roupas, terminou sem nada em cima do corpo.
— Sei lá, o senhor que é mais velho é quem deve saber. O padre Bartolo me disse há pouco que é praga. Sabe, nisso o homem é doutor, é coisa que vem da Bíblia.

O zunido aumentava, como um tufão distante, já atingindo as casas. Ondas sucessivas batiam no telhado e nas paredes, os grilos iam entrando pelas frestas das portas, como formigas, só que maiores, fornidos. Esparramavam-se pelo assoalho, gafanhotos negros subindo pelos móveis e paredes. O velho correu à cozinha e voltou de lá trazendo panos molhados para calafetar o vão das soleiras. Gritou para o rapaz que fizesse o mesmo, que molhasse toalhas, que visse a porta e as janelas da frente. Notou apavorado que centenas deles já voavam e pulavam por todas as peças.

– Não vai adiantar, meu filho, vamos terminar sufocados por eles, isso é coisa que vem da barragem, eu sabia que essa gente ia provocar uma desgraça qualquer, eles estão contra a natureza. Eduardinho, precisamos sair daqui, vamos terminar enterrados por esses bichos malditos. O rapaz perguntou:

– O senhor quer morrer no meio da rua, com o nariz e a boca entupidos de grilos? Pois vá sozinho, eu acabo com eles aqui dentro mesmo, deixe comigo.

De repente se lembrou do pai e da mãe. Como estariam eles enfrentando a praga? Disse ao tio:

– Vou enrolar panos molhados na cabeça, preciso ajudar lá em casa.

– Vou também – disse o velho –, pobre da Carolina, coitado do Juca, ainda mais esta desgraça no meio de tantas.

Eduardo pensou "tio Lucas agora ficou bonzinho, está querendo ajudar os outros, querendo ser útil". O pai fechado no quarto, a mãe apática, talvez não fizesse um gesto para livrar-se dos bichos. Começaram a molhar panos e toalhas numa grande bacia cheia d'água, onde os grilos morriam afogados, depois foram enrolando-os ao redor da cabeça e do pescoço, deixando só parte do rosto a descoberto. Eduardo ria, disse para o tio:

– O senhor parece uma múmia.

O velho estava apavorado, "brincar numa hora dessas!". Eduardo gritou "atenção que vou abrir a porta!".

Protegeram o nariz e os olhos com a mão aberta, o rapaz destravou o trinco, a folha de madeira rangeu e um tufão de grilos em massa compacta invadiu a casa, num zunido de enlouquecer. Saíram com esforço, o velho segurando firme no braço do sobrinho. Avançavam como quem caminha contra um vendaval: encurvados, cabeça baixa. As ruas já cobertas por uma grossa camada de bichos, milhões deles rodopiando no ar. Alguns vultos de pessoas correndo sem rumo, gritos de mulheres e de crianças.

Quando chegaram, a porta estava aberta. Eduardo correu para a mãe que se debatia na cadeira de balanço, coberta de grilos; bateu com as pontas da toalha, "que loucura deixar a porta aberta". A mãe parecia sufocada, não conseguindo abrir os olhos, respirando mal. Enquanto isso, o tio soqueava sem resultado a porta do quarto, gritava pelo nome do irmão, implorava. Voltou correndo para junto da cunhada e do sobrinho, parecia um fantasma envolto naqueles panos todos, a voz saindo abafada "Carolina, Carolina, por amor de Deus, será que os bichos entraram no quarto? O Juca não responde". Ela cuspia grilos e não falava. O zunido agora era contínuo e os tímpanos doíam. A mãe abriu os olhos:

– É a barragem, meu filho, eu sei que é a barragem. Avisa depressa tua irmã pra não voltar, ela não pode voltar, nem o Alfredo.

Madrugada ainda, viram o padre Bartolo entrar. Havia arranjado não se sabe onde um capuz de filó que chegava ao peito, trazendo nas mãos uma bomba de inseticida. Disse:

— Foi a última que encontrei no empório do Seu Torquato. Ele fugiu, levou Dona Madalena e os filhos. Que está acontecendo com essa gente, todo mundo perdendo a cabeça? Então é hora para alguém abandonar a sua casa, o seu próprio negócio? É coisa assim tão estranha que um cristão não possa enfrentar com o pensamento voltado para Deus?

Eduardo continuou tirando grilos dos cabelos da mãe, enquanto o tio, muito pálido, abanando-se com um pedaço de papel apesar do frio, apertava os olhinhos tentando enxergar melhor na semiobscuridade; os grilos faziam barulho quando batiam no vidro dos seus óculos. Caminhou até o padre, segurou-lhe o braço:

— O senhor já sentiu gosto de grilo? É azedo como de formiga saúva, arde na língua, fede.

A voz do padre, falando debaixo da rede de filó, era cava, pouco inteligível, fez o sinal da cruz, convidou:

— Vamos lá fora, precisamos rezar pedindo a proteção de nosso padroeiro São Valentim, Deus não abandona as suas ovelhas, precisamos rezar.

Eduardo continuava afastando os grilos da mãe que permanecia estática, alienada, indiferente ao que diziam ou faziam. Disse "não vou, padre, reze o senhor que não faz mais do que sua obrigação". Abaixou-se um pouco, olhando a mãe no rosto, "a senhora não quer alguma coisa, um pouco d'água, quem sabe se prepara um café?". Foi até a cozinha e estranhou que o fogo estivesse aceso, lenha graúda queimando, a panela d'água fervendo estava agora transformada numa sopa de grilo, parecia feijão. Atraídos pelo fogo, os bichos caíam direto nas labaredas e alimentavam ainda mais as chamas, pipocavam respingando de faíscas o chão da cozinha. Se fizessem fogo na rua, se acendessem na calçada uma fogueira, os bichos morreriam queimados, atraídos como aqueles ali. Saiu e encontrou o tio e o padre ajoelhados na frente da casa, rezando e sacudindo os braços. Logo depois o velhote voltava:

— Carolina, não se arranja por aí um pedaço de mosquiteiro? Não aguento mais os grilos, eles estão querendo entrar pelo meu nariz e pela minha boca, tenho grilos até dentro das calças. – Aproximou-se da cunhada. – Por amor de Deus, Carolina, mexe as mãos e afasta os grilos, faz alguma coisa, ficar parada assim não resolve nada.

Eduardo passou carregando duas achas de lenha do fogão, enchendo o corredor e a sala de fumaça. Disse para o tio: "Ajude a trazer mais lenha, vamos fazer uma fogueira na rua, veja, só a fumaça já deixa os bichos tontos, é a solução, mexa-se". O padre viu o movimento, levantou os braços:

— Se esses bichos vieram do inferno só podem ficar mais fortes, isso é uma loucura.

O fogo crepitava, Eduardo alimentava-o com gravetos trazidos pelo tio, assoprava, as chamas aumentavam e minutos depois as labaredas crescidas lambiam os grilos esvoaçantes que estouravam como busca-pés em noites de junho.

A madrugada clareou, veio o sol, o resto da lenha ainda ardia, soltando fumaça espessa. Viram as ruas e calçadas negras de grilos mortos ou estonteados, aqui e ali os cri-cris dos agonizantes. Começavam a morrer como haviam aparecido, por qualquer razão misteriosa que ninguém atinava qual fosse. O padre tirou o capuz, disse "vou limpar a igreja, a casa de Nosso Senhor não pode ficar no meio dessa praga, preciso de alguém para me ajudar". Como ninguém se oferecesse, foi embora esmagando grilos pelo chão da terra.

Eduardo, na cozinha, preparava café para a mãe, que permanecia na sua cadeira de balanço, olhos muito abertos, muda. Mas o fogo se havia apagado; sentiu um alívio quando viu Dona Zica, mulher do dono do bar, entrando e se oferecendo para ajudar em qualquer coisa, passara a noite preocupada com todos eles.

– Que noite, Eduardinho, o pobre do Zeno está tentando limpar o salão, até agora já tirou quatro carrinhos cheios de grilos.

Quando viu o rapaz tentando coar café, fez um gesto para que ele deixasse tudo, que fosse ajudar noutras coisas, isso era trabalho para mulher. Atiçou o fogo, deixou a água esquentando, aproximou-se de Dona Carolina, ficou catando grilos e dizendo "não é nada, não há de ser nada, Deus é grande".

Eduardo saiu. Da esquina avistou o padre tirando grilos de dentro da igreja, chutando com ódio os montes de bichos mortos ou em estertor; viu num dos bancos da praça a filha mais moça do dono da funerária, Ondina, levando em cima do corpo nu um velho vestido branco de organdi, uma grinalda de flores amareladas, rindo como doida. Ao ver Eduardo disse: "Moço, agora é um rio de grilo, me salve, estou afundando". E ria, levantando os braços, seios a saírem do decote rasgado, os cabelos emaranhados e cheios de grilos. Desde que o noivo desaparecera, um dia antes do casamento, nunca mais saíra de casa. Recebia a comida por uma janelinha aberta na porta do quarto. Eduardo calculou, Ondina andava pelos trinta e poucos anos, o rosto envelhecido, as carnes flácidas.

– Acho melhor voltar para casa, seu pai não vai gostar que tenha saído num dia desses.

— Vou embora, diga a ele que fui para a estação, vou tomar o trem, vou casar em Santa Maria, ele escreveu, está me esperando lá.

Abanou para Eduardo, "adeus, senão eu perco o último trem, já está quase na hora. Escute, não está ouvindo o apito dele?". Desapareceu no rumo da estação e Eduardo foi até a casa de Alípio. Não chegou a bater, o homem abriu uma fresta e disse:

— Que bom o meu amigo aparecer por aqui, quero que me ajude a levar os caixões para enterrar a mulher e os filhos de Seu Fortunato. Sabe, Dona Mercedes não resistiu ao golpe; não precisa dizer nada, eu compreendo essas coisas, sua irmã não teve culpa nenhuma. Ele era maior de idade, sabia o que estava fazendo, estava escrito.

Puxou Eduardo por um braço, segredou:

— Não fale para ninguém, que isso fique só entre nós dois. Dona Mercedes matou os filhos e terminou se finando naquela cama, sufocada pelos grilos, uma coisa muito triste, meu filho. Mas enfim, estava escrito.

— Pensei que fosse me falar de sua filha — disse Eduardo. — Ela foi para a estação dizendo que vai pegar o trem para Santa Maria.

Alípio trazia uma pequena carreta de duas rodas, fez um gesto de enfado:

— Ondina é uma menina muito ajuizada, se disse que o noivo escreveu mandando chamar é porque escreveu mesmo, ela sabe o que faz. E agora me ajude aqui, vamos botar esses caixões em cima da carreta.

Alípio começou a puxar entre os varais e Eduardo a empurrar, fazendo muita força para que as rodas vencessem a grossa camada de grilos mortos, até chegarem à casa do farmacêutico. Encontraram lá o coveiro João, diligente, varrendo a crosta negra com fúria. Disse, ao vê-los:

— Ainda bem que chegaram, eu sozinho não dou cabo disso aqui — dos olhos vermelhos corriam lágrimas — e não suporto a fedentina dos bichos, arde como pimenta-do-reino.

Os caixões saíram cheios de grilos, também; o coveiro dizendo que os buracos abertos deviam estar coalhados de bichos e que era impossível cavar dois palmos sem que entulhassem logo com aquela maldita praga.

— Sabe — disse enquanto ajudava a empurrar —, minha mãe falava sempre numa praga destas, lá pelos anos de 30. E foi de grilo também.

Falava arquejando, com esforço:

— Ela já dizia que era praga divina. Veja só o que aconteceu com a humanidade: logo depois rebentou a guerra e os rapazes morriam como grilos. E como nunca dava para enterrar todos, o cheiro era mais ou menos como este de agora. Minha mãe tinha razão, ela sempre soube o que estava dizendo.

Quando entraram no cemitério custaram a encontrar os buracos; João estava certo, os grilos mortos cobriam o chão todo, as sepulturas. Só as cruzes de fora e alguma capelinha mais alta. Os três começaram a desentulhar os buracos. Para tapar foi mais fácil, bastava empurrar com os pés a terra solta misturada com grilos. Depois limparam as mãos e acenderam cigarros. O coveiro disse:

— Meninos, não há mais cigarros nesta terra, esses são os últimos. Muito obrigado pela mão que me deram, cumpriram um dever cristão. Agora, se me dão licença, vou limpar a sepultura de minha mulher, ela não merece essa sujeira toda em cima.

Saiu arrastando as pás, soltando fumaça, era uma sombra de gente.

Um jipe com homens da barragem circulava pelas ruas, estalando grilos mortos sob as rodas. Não pararam para perguntar se alguém precisava de ajuda. Foram direto à subprefeitura, que mantinha as portas abertas, o coronel Hilário na sua janela, olhando indiferente para a praça, a paisagem toda negra, até as copas das árvores e os beirais das casas. Quando eles pularam do jipe e entraram, o subprefeito deixou a janela, batendo com os postigos. Ficaram lá dentro, confabulando, a manhã inteira.

Eduardo foi até a igreja e encontrou o padre de batina arregaçada, presa no cós das calças, suor escorrendo da testa, mãos sujas, lenço encardido protegendo o colarinho. Carregava dois baldes cheios de grilos. Disse para Eduardo:

– São Valentim ouviu as minhas preces. Agora é só limpar a face da terra dessa mancha de pecado.

Depois chegou perto do rapaz, falando baixo: "O sino não toca mais, meu filho, ficou mudo, isso é mais um aviso divino". Carregou Eduardo pelo braço até o vão da torre, onde a corda que vinha de cima ainda balouçava.

– Vê só, pode experimentar, não há força humana que o faça tocar.

O rapaz puxou a corda, aos poucos foi dando impulso, chegava quase até o chão e depois era carregado para o alto. Nenhum som, nem o mais leve toque, a não ser o ranger de ferros e de madeira no alto da torre. Parou extenuado. Disse, arfando, "acho que lá em cima não tem sino nenhum". O padre amarrou a cara, "que é que você quer dizer com isso?". O rapaz esclareceu:

— Longe de mim uma coisa dessas, o senhor sabe o que quero dizer. Não consigo encontrar as pontas de nada. Agora, então, esse negócio do sino não bater. Eu sei que ele está lá em cima.

— Claro — disse o padre —, está lá em cima, eu mesmo vi, estive lá; acontece que não toca mais.

Então Eduardo notou que as mãos do padre estavam negras de gosma dos grilos e que aquilo não sairia com nenhuma água do mundo. Ele voltara para os seus baldes, caminhava até muito longe, lá os emborcava, tornando a voltar, respiração entrecortada, ofegante. E assim ficou por todo aquele dia.

Ao cair da noite, chegando em casa, Eduardo ainda encontrou Dona Zica ajudando no serviço. A mãe na cadeira de balanço, mas de roupa mudada, cabelos penteados; o tio sentado à mesa, com a bateria de seus vidros de remédio sobre a toalha, preocupado em contar comprimidos, examinando cada um deles à luz da lâmpada, os olhinhos míopes espremidos atrás das lentes, a sua marca patente. Estaria desconfiado das cápsulas? Chegou perto da mãe, abaixou-se, beijando-a na testa. Estava fria e úmida.

— Afinal — perguntou —, deram alguma coisa para o velho?

O tio falou por ela:

— Mas dar alguma coisa para o Juca, de que jeito? Será possível que não viu que a porta do quarto ainda está trancada por dentro?

— Não falei com o senhor — gritou Eduardo —, meta-se com sua vida, engula os seus remédios e lembre-se de que as prateleiras da farmácia estão quase vazias.

Saiu para o pátio. Encostou o ouvido na janela do quarto do pai. Silêncio total. Examinou bem os caixilhos. Os bichos não teriam podido entrar, as frestas eram pequenas demais. Pensou "pelo menos ele tivera essa sorte. Livrara-se da praga, não vira nada, talvez apenas o barulho". Quando voltou, o tio mastigava os seus biscoitos de dieta, engolia os comprimidos. A mulher do dono do bar indo e vindo, solícita. A mãe dizendo a ela que não queria nada, obrigada, que não se incomodasse, que fosse cuidar de sua própria família, estariam precisando dela.

Eduardo resolveu não esperar pelo tio. Despediu-se da mãe, ia para casa dormir, estava exausto. Fora um dia agitado. Notou os olhos tristes da mãe.

– Deite-se na cama de Alfredo, descanse, está precisando.

Encontrou a noite fresca, calma, silenciosa. Um céu estrelado, árvores quietas. Mãos enfiadas nos bolsos das calças, chutava de vez em quando os montes de grilos mortos. Parou, ouvido atento, seria capaz de jurar que ouvira muito distante um apito de trem. Depois mais nada. Prosseguiu. O gerador devia ter parado havia poucos minutos, viu quando as lâmpadas dos postes apagavam. Lembrou-se do que o tio dissera: "Esses malditos grilos vão terminar entupindo o gerador e deixando tudo sem energia". Passou pela igreja, pela delegacia fechada, cadeia escura, a farmácia que ficara com as portas abertas e onde todos podiam procurar os seus remédios a qualquer hora do dia ou da noite. Para desespero do tio, que não achava mais insulina, nem cápsulas e nem xaropes. Viu na outra esquina a casa do juiz de paz que fugira. Notou que numa das janelas havia uma luz fraca vinda de dentro. Curioso, aproximou-se, empurrou a porta, entrou. A luz devia vir do quarto, foi para lá. Empurrou a meia-folha e viu um lampião fumegante em cima da cômoda, o guarda-roupa com porta de espelho e, refletido nele, a cama de casal. Sobre os lençóis, Dona Zoraide nua, cheia de vigor nos seus vinte anos. Parecia dormir. Quando abriu a porta a mulher do juiz disse:

– Pensei que não fosse mais aparecer.

Seu primeiro impulso foi perguntar a ela por que não acompanhara o marido. Que fazia ali sozinha, nua daquele jeito, a noite lá fora tão fresca; no fundo tinha a certeza de que tudo devia acontecer assim mesmo, ou que pelo menos tudo haveria de repetir-se como o previsto.

– A noite está sem grilos – disse para ela –, podemos abrir a janela, aqui dentro está muito abafado.

Puxou os postigos, diminuiu a chama do lampião e começou a tirar a roupa com naturalidade. Como se fizesse aquilo todas as noites, todos os dias, anos a fio, enquanto ela puxava para si uma ponta do lençol. Talvez porque a janela fora aberta, talvez pelo ar que vinha de fora.

– Por que não veio antes? – perguntou ela, enfiando os dedos entre os cabelos do rapaz.

Eduardo achou que não adiantava inventar nada, bastaria recitar uma lição decorada:

– Ando preocupado com meu pai, que não abre a porta do quarto, com essa praga dos grilos. Não sei mais o que fazer com o meu tio, tem horas que sinto vontade de matar o velho.

Meteu-se debaixo dos lençóis, sentiu a carne dela, os seios esmagados contra o seu corpo, a pressão dos cabelos, uma sensação de paz, coisas das quais já estava esquecido.

– E por que não faz isso?

– Isso o quê? – perguntou ele, assustado.

– Matar o velho.

Eduardo achou engraçado. Não seria melhor falarem sobre o tio depois, numa hora qualquer, mas não naquele momento? Então disse, afagando-a desajeitado:

– Tudo agora se resume nestas quatro paredes, nesta cama, em nós dois.

Beijou-lhe o pescoço, os seios, deitou a cabeça sobre o ventre:

– Tem certeza de que ele não volta mais?

Ela disse:

– Meu amor sabe disso, não vejo motivo para falar nele agora.

– Mas seria melhor fechar a janela, não me sinto bem assim.

Ela riu, "meu bem com medo de fantasmas? Não há nada no mundo além de nós e você sabe disso. Sempre foi assim, não vejo por que vai mudar de uma hora para outra".

Ele voltou a beijá-la, a voz dela falando sem dizer nada, gemendo e chorando; era como se Eduardo a tudo assistisse de pé, ao lado da cama, vendo-se a si próprio. Um estranho casal desconhecido.

Foi quando sentiu o vento gelado nas costas; a certeza de que alguém estava lá fora e espiava pela janela aberta. Voltou-se rápido a tempo de vislumbrar a cara do tio, redonda como uma lua, semiapagada pela noite, espreitando a cama e os amantes através das grossas lentes dos óculos de aro de prata.

VIII

Padre Bartolo estava sentado num banco da praça, à frente da subprefeitura, esfregando as mãos encardidas de grilo, as grandes botinas sem cor, o cabelo branco e ralo grudado na cabeça luzidia. Eduardo chegou, pediu licença, sentou-se cansado e não precisou falar. Ficaram olhando o jipe estacionado do outro lado da rua, a repartição fechada, o rebordo do telhado ainda com a tisna pegajosa dos bichos mortos. Depois foi a vez de Custódio Vidal, do armazém, com sua velha camisa esburacada. Vinha com ar de sono, cumprimentou com um aceno, sentando-se ao lado de Eduardo, os três ocupando o banco inteiro. Padre Bartolo sempre tentando limpar as mãos na batina. Olhou para os dois:

– Eles ainda estão lá dentro.

– Vai ver, dormiram esta noite com o coronel Hilário – disse Eduardo.

– Eles quem? – perguntou Vidal. – Por acaso estão se referindo aos donos do jipe?

O padre o encarou, cara franzida.

– Foi bom o senhor ter aberto a boca, dito alguma coisa, eu também tenho algo para lhe falar. Sabe, o amigo esta violando um dos Dez Mandamentos.

Sem saber por que, Eduardo pensou no "não cobiçar a mulher do próximo". Por onde andaria o Dr. Euríclides, o marido? Zoraide em cima da cama, esperando por ele. Ela ainda seria a mulher do próximo? Sentiu vontade de perguntar isso ao padre, mas Vidal cortou seus pensamentos, cara de espanto: "Não sei do que o senhor está falando".

– Sabe sim, e muito bem – disse o padre tentando tirar dos dedos pequenas escamas de tisna.

– Não furtarás. Acha então certo roubar o empório durante a noite, só porque está abandonado, e carregar o roubo para vender no dia seguinte no seu armazém? Não adianta negar, eu vi.

Vidal sorriu, tranquilo.

– Ah, então é isso! O padre espionando pelas ruas, bisbilhotando o que os outros fazem, substituindo o sargento Euzébio e seus dois soldados. Pois é uma boa função para um pastor de almas, nas horas em que elas perambulam pelo mundo.

O padre disse "não mude de assunto". Vidal continuou:

– Nem preciso. Acontece que o senhor também anda se abastecendo no empório, aliás como toda a gente, cada um tirando o que precisa; no seu caso, a comida vai direitinho para a casa paroquial. Quero saber, agora, quem lhe disse que eu vendo a comida do empório. Saiba, reverendo, depois que Seu Torquato foi embora, ninguém mais entrou no meu armazém para comprar uma caixa de fósforos. Mesmo porque – concluiu – há muito tempo que não tenho mercadoria em casa. De onde se tira e não se bota, é aquela coisa, todos sabemos. Está satisfeito com a explicação, padre?

— Desculpe – sussurrou o padre – pelo mau juízo, eu devia ter mordido a língua quando me lembrei de dizer as coisas que disse. – Mudou de tom. – O senhor queria saber de quem se falava e quem são os donos daquele jipe; pois saiba, são os engenheiros do governo, os moços que vão inundar tudo isto aqui. Eu cortaria a mão direita para saber o que conversam eles com o subprefeito. Sei que as autoridades se entendem entre elas, falam a mesma língua, servem ao mesmo senhor, ganham dos mesmos cofres e por isso se julgam com o direito de fazer, de desfazer, de construir ou de demolir, sem dar maiores satisfações aos demais viventes. Pois, Seu Vidal, lá dentro estão os engenheiros,

Eduardo aproveitou um silêncio curto. "Vejam que o tempo está virando, vem chuva da grossa". O padre juntou as duas mãos pretas:

— Queira Deus que não venha por aí uma nova calamidade. Já imaginaram uma enchente agora, com o Jacuí transbordando?

— Quem sabe – disse Eduardo – uma boa chuva não viria a calhar para uma limpeza em regra, lavando toda essa porcaria das ruas e dos quintais. E das mãos. Olhem, eles vão saindo.

Os dois estranhos se despediram do subprefeito com grandes apertos de mão. O coronel Hilário os acompanhou até o jipe, permanecendo na calçada enquanto o carro arrancava com ruído. Depois deu meia-volta e entrou, deixando a porta aberta.

Vidal perscrutava o céu. Estendeu a mão e disse:

— Se não me engano, a chuvinha está vindo. Escutem, eu sei quando ela vem só pelo barulho que a água faz no céu.

Os três olharam para o mesmo lado, ouvidos atentos. Padre Bartolo falou:

– Se pensam que é a chuva estão muito enganados. Escutem bem: é a flauta do velho Pepinho. Ele agora deu para isso, deve estar ficando caduco, deixou até de ir à igreja.

Eduardo ouvia com enlevo, de qualquer maneira ele ainda tocava muito bem.

– Claro – disse o padre –, ele toca flauta há mais de oitenta anos. O que lhe falta agora é fôlego.

Nisto o velho apareceu na esquina, encurvado, boné enterrado até as orelhas, assoprando com dificuldade a flauta prateada. Caminhava descalço sobre a camada de grilos mortos.

– O velho está completamente maluco – disse Vidal, levantando-se. – Com a chuva que vem aí é pneumonia dupla na certa.

O padre disse "Deus que nos guarde da boca desse homem, Eduardo, olha lá o João farejando trabalho. Nunca vi na minha vida ninguém com tanta vocação para enterrar cristãos". Então apareceram outras pessoas. Um magote de homens da Baixada, o Alípio Melo, os moleques que haviam descoberto que ateando fogo nos restos de grilos eles estalavam como bombinhas. O padre comentou:

– Isso me lembra dia de comício, parece todo mundo combinado. Que faz essa gente na rua na hora em que começa a chover?

Todos estendiam as mãos para sentir o tamanho das gotas d'água, mas ninguém se mexia para fugir da chuva. Viram quando o coronel Hilário reapareceu na porta da subprefeitura, levando nas mãos uma grande folha de papel. Viram também quando ele grudava a folha na madeira carcomida, quando fechou a porta com uma grande chave, saindo a passos lentos sob a chuva, que agora caía torrencialmente.

— Deve ser uma coisa muito importante para ele pregar na porta da repartição — disse Eduardo —, ele nunca fez isso antes, que me lembre.

O padre concordou, "eu também acho, para mim é novidade e boa coisa aposto que não será". Enquanto falava expunha as mãos à chuva e depois esfregava furiosamente uma na outra, tentando limpar a gosma dos grilos. Vidal perguntou:

— Quem sabe passando querosene tira?

Ele nem escutou, estava com os olhos fixos no aviso pregado na porta da subprefeitura. Convidou:

— Vamos lá, preciso saber qual é a mensagem do coronel, deve ser importante, ainda mais depois da conversa dele com os dois sujeitos da barragem.

A chuva caía tão forte que não enxergavam dois passos à frente. Os pingos batendo e doendo nas carnes, como chicotadas. Os que andavam pelos arredores se aproximaram ao mesmo tempo. O padre foi o primeiro a chegar, limpou os olhos com a manga da batina, exclamou abrindo os braços:

— Voltem, pelo amor de Deus, voltem todos, a chuva lavou o que estava escrito, isso é maldição dos céus!

Continuavam a ouvir o som triste e molhado da flauta do velho Pepinho; cada um começou a tomar o seu próprio rumo, falando uns com os outros. Eduardo acenou para o padre. Enfiando as mãos nos bolsos, foi direto para a casa dos pais. No caminho pensou "tio Lucas deve estar sentado nos degraus da entrada, esperando que alguém chegue para criticar as pessoas que andam assim sem mais nem menos debaixo de um temporal." Era quando o velho se mostrava preocupado com os outros. E lá estava ele esperando.

— Então isso é coisa que se faça, Eduardinho? Na rua com um tempo desses, desabrigado, sem um chapéu. Olhe só para os seus pés.

Eduardo passou por ele sem olhar, como quem passa por um cão. A mãe na cozinha, lavando qualquer coisa numa grande bacia sobre a mesa, rosto inexpressivo, os cabelos ainda mais ralos.

— A senhora precisa de alguma coisa?

Ela disse muito cerimoniosa "obrigada, mas acho bom abrir a porta do quarto onde está teu pai". Falou com tanta convicção que o filho sentiu um estremecimento. Ela pronunciara aquelas palavras como se soubesse de tudo e ainda assim tão calma e submissa. Nem sequer notara que o filho estava encharcado, deixando grandes marcas por onde pisava.

— A senhora por acaso ouviu alguma coisa, ele falou?

Ela fez que não com a cabeça e repetiu "mas acho bom abrir". Eduardo chamou pelo tio, caminharam os dois até a porta do quarto. Bateram forte e não ouviram nada, a não ser a chuva que caía torrencial sobre o telhado de zinco. Resolveu arrombar a porta. Afastou o tio com o braço, distanciou-se o mais que pôde, investiu de ombro, a madeira fraca estilhaçou e ele caiu dentro do quarto. Viu quando a mãe e o tio chegavam à porta, olhou em redor e teve a sensação de que caíra numa camada de espuma. O quarto todo coberto de neve. Sobre tudo, móveis, assoalho, nas paredes, uma espécie de mofo acinzentado. Levantou-se olhando as mãos sujas. Disse à mãe, que permanecia impassível na porta, como se nada mais a preocupasse:

— Não dá para respirar aqui dentro, de tanto mofo.

O tio farejou por todos os lados, sem entrar. Perguntou ao rapaz se conseguia ver o irmão.

— Olha bem, Eduardinho, o Juca deve estar em algum lugar, não é possível que não esteja, procura antes que seja tarde.

Eduardo notou que a mãe chorava. Como sempre sem desespero, só as lágrimas escorrendo pelo rosto. Falou quase inaudível "o Juca não está mais aí". Caminhou para a cadeira de balanço. Sentou-se, cruzou os braços, empurrando o corpo, com a ponta dos pés, para a frente e para trás. Eduardo foi para o seu lado, não sabia o que dizer, e ambos viram o velho Lucas de gatinhas no corredor, tentando espiar para dentro do quarto, "quem sabe ele está debaixo da cama, Eduardinho, espia dentro do guarda-roupa".

— Mãe – disse Eduardo.

— Não adianta, meu filho, teu pai está descansando. Eu sabia de tudo, assim foi melhor para ele. Precisamos nos conformar.

O tio voltou, o rosto vermelho, respiração entrecortada, pegou o sobrinho por um braço:

— Volte e vá procurar seu pai. Então isso é coisa que um filho faça?

A cunhada disse "vai para casa, Lucas, descansa, não adianta, deixa Eduardinho em paz". Então o velho começou a tremer, ajoelhou-se aos pés da cunhada:

— Não sei como será a nossa vida, Carolina, tu não podes ficar sozinha nesta casa. E se o teu filho vier para cá, o que será de mim?

Eduardo notou que ela quase sorria.

— O meu filho vai continuar contigo, eu posso muito bem ficar só.

O velhote levantou rápido, colocou a mão sobre o ombro do rapaz.

– Pelo amor de Deus, Eduardinho, não me deixe, tenho a impressão de que algo de ruim vai acontecer comigo.

Eduardo pegou o velho pelo braço, carregou-o até a porta da rua. O tio a reclamar que ele o estava machucando. O rapaz falando baixo, com ódio, "o senhor não tem um pingo de caráter, tio Lucas, nunca vi ninguém mais egoísta. Desde que se sinta bem, o resto que se dane. Não fique preocupado, vou ficar na sua casa, quero ficar mesmo com o senhor. Mas escute aqui, ouça o que estou dizendo, não se faça de desentendido, de surdo para passar bem, qualquer noite destas dou cabo da sua pele. Não sei ainda como e nem de que maneira, mas o senhor não perde por esperar". O velho estava confuso, tremia ainda mais:

– Meu filho, que Deus não ouça as suas palavras, ele pode castigá-lo.

– Vamos – disse Eduardo, carregando-o para a rua.

Chovia de verdade, chuva tocada a vento, a terra alagada. Quando chegaram em casa o tio mal conseguia respirar. Disse que assim podia morrer, o rapaz que pensasse bem no que estava fazendo, uma pessoa doente como ele merecia mais cuidado. Eduardo só largou o seu braço para ir direto ao armário de remédios. Começou a tirar tudo das prateleiras e a jogar sobre a cama. Esvaziou a mesinha de cabeceira. Chamou pelo tio:

– Estão aí os seus xaropes, as suas injeções, os seus comprimidos e cápsulas. Vamos, engula tudo, trate da sua saúde, empanturre-se de vitaminas e de insulinas, alguém nesta terra maldita deve ficar para semente. E agora uma coisa – disse de dedo em riste –, esqueça que eu existo, eu morri, eu sumi, me evaporei.

O tio arfava. Sentou-se na beirada da cama, começou a pôr em ordem os remédios, examinava cada vidro e quando pôde falar pediu, com voz chorosa, um copo d'água.

– Agarre um e estenda a mão para fora da janela. Há água de sobra – disse Eduardo pegando um guarda-chuva. – Eu agora vou sair, não espere pela minha volta.

O tio ficou um momento em silêncio, depois falou naquela sua maneira de monólogo: "Acho muito malfeito isso de ir dormir com a mulher de um pobre homem desaparecido, na casa dele, na cama do próprio casal".

O sobrinho, que já abria a porta para sair, voltou, apareceu à porta do quarto, encostou-se no batente e ficou ouvindo, incrédulo. O velhote prosseguiu, "acho que seu pai já sabia de tudo e morreu de vergonha, o mesmo termina acontecendo com a pobre de sua mãe. Eduardinho, onde estão os seus sentimentos cristãos? Respeite aquela pobre senhora, ela deve estar transtornada para fazer o que eu vi". O rapaz caminhou para junto do tio, ficou batendo com o guarda-chuva na perna, então o grande moralista costumava espionar através das janelas, andava seguindo os seus passos, metendo o bedelho onde não era chamado e depois era só sair por aí contando para a vila inteira. Atirou o guarda-chuva aos pés do tio, foi até o quarto dos fundos e de lá voltou empunhando uma velha espingarda de dois canos.

– Está vendo esta espingarda? Pois está carregada com chumbo grosso e vai comigo para a cama com Dona Zoraide. E saiba de uma coisa: vou novamente deixar a janela aberta e a primeira figura que eu enxergar lá fora vai receber a carga dos dois canos. Afinal, é assim que se faz com os ladrões que andam rondando as casas de noite.

O tio juntou o guarda-chuva, dependurando-o na quina do armário. Virou-se para o sobrinho e disse, sacudindo o dedo indicador no ar:

– Pode ir descansado, não pretendo bisbilhotar ninguém, não quero saber dessa pouca-vergonha, faço votos que o marido volte e encontre a sua mulherzinha na cama, fornicando com outro.

Tornou a sentar na beirada da cama, na lide com os remédios em desordem.

Ouviu quando Eduardo engatilhava a arma. Virou-se com certa agilidade e viu o rapaz levantar a espingarda na altura dos olhos, enquadrando o peito do velho na linha da alça de mira.

– Pelo amor de Deus, meu filho, que loucura é essa?

– Reze o que souber, encomende a alma a Deus, é assim que se mata uma cobra cascavel.

O velho caiu de joelhos, gemendo. Arrastou-se até os pés do sobrinho, agarrando-se na bainha das suas calças. "Eduardinho, tem piedade de um pobre velho doente e abandonado, eu sempre digo as coisas pensando no seu bem."

Eduardo abaixou a arma, afastou o tio com a ponta do pé.

– O senhor pode ir dormir com a sua diabetes, resolvi fazer o serviço noutra noite qualquer. Mas sem tiros, sem barulho, o chumbo custa muito caro.

Voltou a esconder a espingarda e saiu, deixando a porta aberta.

Na rua – a chuva havia amainado – encontrou o Alípio Boa-Morte carregando tábuas na noite escura e fria. O homem parou por um instante, cumprimentou cerimonioso:

– Sabia que o Vidal foi embora com a família? Vamos sentir falta dele.

Eduardo disse "acho que sim, era um bom homem. Não sabe para onde ele foi?".

– Como posso saber? As pessoas aqui desaparecem de uma hora para outra, não dizem nada, somem.

O rapaz teve a impressão de que o velho chorava. Bateu nas suas costas, que fosse para casa cuidar das suas coisas, afinal não se podia fazer nada, havia gente poderosa atrás de tudo aquilo. Despediu-se. Quando ia a certa distância, ouviu Boa-Morte dizer:

– Eduardinho, é melhor fechar a janela para não dar pasto a essa gente daqui.

IX

Eduardo não tinha certeza do tempo, mas sabia que era primavera. O frio havia passado e começara um vento doido levantando redemoinhos de terra, sacudindo a galharia que brotava e quase arrancando as telhas de zinco das casas.

– Preciso sair um pouco – disse a Zoraide –, tio Lucas anda inquieto, ronda a casa e depois some com aqueles passinhos de pardal.

Ela continuava nua, grandes manchas arroxeadas nos braços e no pescoço. Eduardo voltou a falar.

– Acho melhor botar alguma coisa em cima do corpo. Vamos sair um pouco deste quarto.

Zoraide gostava mais do miasma do seu quarto. Detestava caminhar pelas ruas, esticar as pernas dormentes, respirar o ar fresco e puro das ruas. Eduardo disse:

– Preciso ver a minha mãe, falar com Edmundo Pescador. Quero saber do padre Bartolo, andar por aí.

Zoraide alisava o ventre, perguntou: "Como são aqueles versos que falam em morrer na primavera?". Recitava trechos da poesia, pediu a ele que fosse buscar flores do campo, queria enfeitar o cabelo com elas. Segredou que o tempo não passava mais, tivera um aviso em sonho.

— Sabe — ela disse —, nada mais importa para nós. Vamos morrer os dois entre estas quatro paredes.

Eduardo olhou a cara no espelho e se achou desfigurado, terrivelmente pálido, faces encovadas, olheiras, o peito murcho. Enquanto se examinava, reparou em Zoraide, que ajeitava os cabelos desfeitos, percebendo então que nada mais havia a descobrir nela. E que quando isso acontece é o fim. Disse:

— Estou faminto, há três dias que não boto nada no estômago, tenho cãibras nas pernas. Vou até o empório, alguma coisa deve haver por lá. Eu conheço aquilo como a palma da minha mão.

— Espera — disse Zoraide —, vou fumar o meu último cigarro e depois então podes sair. Mas antes eu quero um beijo que dure meia hora. Não precisa mais do que isso, meia hora chega.

Ele brincou "o beijo não poderia durar 25 minutos?". Ela disse:

— Não, sou supersticiosa, quero um beijo de meia hora. Se o meu marido tivesse me dado atenção, se ele tivesse atendido os meus pedidos, nada disso estaria acontecendo. Ele sempre foi muito teimoso, às vezes parecia surdo. — Logo depois acrescentou: — Mas isso não vem ao caso, sei muito bem quando as coisas são definitivas. Quero um beijo de meia hora antes que ele venha me buscar.

Não entendeu o que ela dizia. Voltaram para a cama. Eduardo inteiramente vestido e ela ainda nua. Enterrou a cabeça no travesseiro de penas e deixou-se beijar passivamente. Um beijo indiferente, cansado, Eduardo procurando jeito de respirar. Ela sem o abraçar, olhos abertos.

Seu pensamento voou para longe, a Baixada. Como andariam as coisas por lá? A barragem, sua mãe, as patrolas como grandes besouros escarafunchando a terra, tio Lucas andando ao léu, boas coisas não andariam passando pela sua cabeça. De repente sentiu, com repugnância, que ela estava com a saliva azeda, mas não teve coragem de interromper o beijo. Tornando-se histérica, ela seria capaz de fugir para a rua, aos gritos e uivos. Percebeu que, de qualquer maneira, nunca mais voltaria àquela casa. Nunca mais deitaria naquela cama. Aqueles olhos arregalados junto ao seu rosto desapareceriam da sua vida para sempre.

O tempo não passava, receou adormecer. Sentia um formigamento nos braços e nos pés, os lábios insensíveis, o beijo se transformando em duas bocas unidas, simplesmente. Ela ergueu o braço, olhou para o relógio, virou a cabeça e disse: "Meia hora. Obrigada, querido."

Foi quando ouviram um rataplã de tarol em cadência distante e a melodia inconfundível da flauta do velho Pepinho. Seriam quatro horas da tarde, a casa com portas e janelas escancaradas, o sol nos móveis, refletindo no espelho. Zoraide disse:

– Estamos no dia 7 de setembro, o colégio deve estar desfilando.

– Meu bem parece que não está regulando bem da cabeça. Dona Enedina há muito tempo que desapareceu. Deve ter morrido – disse Eduardo.

– Eu sei – disse ela caminhando em passo de dança pelo quarto –, mas é claro que alguém está comemorando.

Ficou admirando seus passos elásticos. As evoluções perfeitas, a leveza dos gestos e a graça das mãos. Depois Zoraide foi ficando pesada, quase se arrastava. Ele notou com espanto que seus seios pendiam murchos, o ventre riscado de pregas, as carnes moles, os pés coscorados como os das pessoas que andam sempre de chinelos. Terrível para a pobrezinha, pensou com tristeza, inexplicável como de repente os anos voam, se atropelam, desaparecem sem deixar rastos.

– Veste alguma coisa, uma camisola, alguém pode passar por aqui.

Ela riu, "meu amor com ciúmes?". Estendeu a mão para a despedida e foi com ele até a porta, fez uma curvatura dando passagem. Deixou que o rapaz andasse alguns metros:

– Lamento muito o que aconteceu com tua mãe, mas era inevitável, foi melhor para ela.

Eduardo agradeceu e não perguntou como havia sabido que sua mãe morrera. Achou natural, essas coisas logo se espalham. Fez um aceno breve e seguiu direto para casa.

Lucas e Alípio Boa-Morte colocavam o corpo no caixão, João ficara na porta, apoiado na sua velha e gasta pá de corte. Dona Zica, como sempre, solícita, fazendo chá.

– Meu filho – disse ela –, não existe um grama de pó de café em todo este lugar. Me lembrei de fazer chá, é a mesma coisa.

A mãe estava enrolada num lençol. Achou o corpo muito pequeno, era inacreditável que houvesse diminuído tanto. Alípio perguntou:

– Queres ver o rosto de tua mãe pela última vez?

Eduardo disse que não. Queria guardar dela a impressão de uma pessoa viva. Fecharam o caixão com o pequeno embrulho de panos lá dentro, o coveiro foi na frente, caminhavam em silêncio. Logo depois surgiu Seu Zeno, ainda de avental amarrado à cintura. Mais duas quadras e estariam no cemitério municipal. Nas proximidades da subprefeitura o cortejo parou por um momento, descansaram o caixão na calçada e decidiram deixar passar um pequeno bando de meninos da Baixada. Um deles, pretinho, batendo ritmado num tambor. Os outros marchando atentos e, comandando o grupo, o velho Pepinho a tocar a sua flauta prateada. Lucas disse:

– Que sabem esses moleques sobre pátria e outras coisas assim? Deve ser a pátria do Edmundo Pescador.

Pepinho, de boné azul com pala dura, cumprimentou o grupo sem parar de tocar e prosseguiu ao lado dos meninos como se não tivesse visto nada, desaparecendo na direção do cemitério. Lucas comentou que seria ridículo o velhote se meter com a bandinha entre as sepulturas, exatamente na hora de enterrar com dignidade a cunhada. Viram quando o padre Bartolo saía da igreja e caminhava também para lá. Eduardo perguntou "ele vai encomendar o corpo?". Lucas fez que sim com a cabeça. Tratava-se de um enterro de pessoa cristã e o padre não fazia mais do que sua obrigação. "Se pagarem", disse o rapaz. Todos o olharam indiferentes e recomeçaram a caminhada. Havia muita gente da Baixada pelos arredores e o tio não gostou. Aquela corja devia era estar nos seus casebres. Talvez esperassem o primeiro descuido para pilharem as casas abandonadas.

Chegaram, colocaram o caixão sobre dois cavaletes ao lado da cova rasa. João comentou:

– Não precisa buraco mais fundo, afinal a água depois se encarrega de cobrir tudo. Um palmo a mais, um palmo a menos, não faz diferença.

Padre Bartolo enfiou uma túnica rendada e abriu seu livrinho de capa preta, começando a rezar uma ladainha incompreensível. Não estava mais ligando para as suas mãos tisnadas de grilo e seu aspecto era o de um velho mendigo. Enquanto ele falava, Alípio Melo segredou: "Depois deste caixão só tenho mais um, de pinho cru: acabou a madeira, seu moço".

Eduardo olhou para o portão principal esperando que a qualquer momento chegasse o outro enterro. Sabia que isso iria acontecer. Passou a ficar inquieto, que aconteceria se o enterro esperado não chegasse? Algo se partiria dentro de si, não sabia bem por quê. Alípio falava sobre as suas dificuldades, onde encontrar madeira boa pelas redondezas? Não tinha em casa um parafuso mais, um prego.

E nada de chegar o que Eduardo esperava. Padre Bartolo espargiu água benta sobre o caixão, fez o sinal da cruz, pediu que todos o acompanhassem num Padre-Nosso. Eduardo teve vontade de sair correndo, gritar lá do portão: "Onde estão vocês que não chegam, querem me enlouquecer?".

Finalmente apontou na entrada um grupo grande de pessoas. Era o enterro que ele esperava. Sentiu uma espécie de alívio, o suor escorrendo pelo rosto. Todos olharam para o cortejo, ele disse:

– É o enterro do Edmundo Pescador. Foi morto pela gente da barragem.

– Um homem como ele só poderia ter um fim desses – disse Lucas –, foi o que ele sempre procurou pelas próprias mãos, deve estar feliz.

Eduardo olhou para ele com tanto ódio que o velho calou, baixando a cabeça. Disse "o senhor deve estar estranhando que não seja o seu: aliás, seria mais justo".

– Por que toda essa maldade, Eduardinho, justamente agora que ficamos só nós dois da família? Somos do mesmo sangue, não esqueça.

Ainda perguntou para o padre, que havia parado com as suas ladainhas irritantes: "Não acha que tenho razão?". O padre disse:

— Não sei do que estão falando, mas todas as coisas acontecem segundo a vontade de Jesus Cristo, Nosso Senhor.

Baixaram o caixão sem necessidade de cordas. Eduardo jogou o primeiro punhado de terra, os demais seguiram o exemplo e João começou a trabalhar furiosamente, com uma pressa que jamais tivera.

Quando o coveiro terminou o serviço, fazendo um morrete de terra com uma cruz de madeira tosca, Eduardo não viu mais a gente que trouxera o corpo de Edmundo Pescador, haviam todos desaparecido. Uma cerimônia muito rápida, pensou. Saiu sem se despedir, não conseguia olhar para a cara do tio, cada vez mais gorda e balofa, os olhos empapuçados, pele macilenta, cor de terra.

Ao cair da noite resolveu dar uma volta pela Baixada, saber como aquela gente ficara sem o seu chefe. Encontrou a mulher dele cercada pelos cinco filhos, as caras tristes iluminadas pelo lampião bruxuleante. Por todas as ruelas e becos gente vagando. Dona Adelaide de braços cruzados, sem uma lágrima.

— Terminaram fazendo o que queriam — disse ao ver Eduardo.

— Fiz tudo para que ele não fosse lá tomar satisfações — disse ele como a desculpar-se.

— Sei disso. Ele foi cheio de vida e voltou num carro de polícia com cinco balas no corpo. Que se vai fazer?

O rapaz argumentou que ninguém poderia mudar as coisas, eles eram fortes, tinham a lei a seu favor, estavam do lado do governo. "Se entenderam de alagar isso aqui, vão alagar mesmo, não haverá força no mundo capaz de impedi-los."

Os filhos passavam uma garrafa de cachaça entre eles, cada um bebendo um pequeno gole, até que chegou às mãos de Eduardo. O filho Benito disse:

– É a última garrafa num raio de quarenta quilômetros. Encontramos esta na mesinha de cabeceira de Seu Vidal.

A mulher levantou-se, foi até a outra salinha e voltou trazendo um revólver.

– Eduardo, ele voltou com esta arma e eu acho que ela fica bem guardada em tuas mãos.

Era um revólver velho e meio enferrujado, sem marca, calibre 22. Ele agradeceu e o enfiou no bolso das calças. Não sabia o que fazer com a arma, disse meio sem jeito, não querendo desprezar o presente. Em todo o caso, agradeceu, era uma lembrança dele.

Quando voltou, a noite fechara de todo. Nem lua no céu, nem estrelas. Sentia náuseas de tudo, o estômago dolorido, a cabeça vazia. Pensou em ir direto para a casa dos velhos, mas imaginou que seria desagradável voltar lá, para aquele cheiro pegajoso de mofo do quarto do pai. Tornaria a ver a cadeira de balanço da mãe, a mala inglesa recheada dos seus tricôs e, quem sabe, a mesma panela ainda fervendo sobre o fogão apagado.

A meio caminho ouviu o ronco do motor de um carro, desses antigos, a luz amarelada dos faróis piscando, vinha na sua direção. Talvez fossem os engenheiros. O carro aproximou-se e parou, motor sempre funcionando. Eduardo chegou mais perto e viu na direção o Dr. Euríclides, teso, olhando para a frente. A seu lado Zoraide nua, enrugada, velha. Ela disse:

– O pobrezinho veio me buscar, Eduardo. Adeus.

O motor acelerou e o carro prosseguiu. Ela de olhos espichados para o rapaz, o braço leitoso acenando.

Lucas vinha pela praça. Aproximou-se, parou a meia distância, sestroso:

— Vamos para casa, tenho lá um pouco de aveia para o jantar.

Eduardo sentiu o revólver de encontro à perna. A voz do outro lhe fazia mal, olhou para o tio como quem olha para um cachorro, sem saber se dizia alguma coisa ou se dava meia-volta e sumia. Empalmou a arma, tirou-a do bolso e disse:

— Veja aqui, foi tudo o que recebi de herança de um velho amigo. Pois adivinha o que vou fazer com ela?

O tio olhou espantado para a arma, os olhinhos cintilando.

— Por amor de Deus, Eduardinho, não faz uma coisa dessas, é contra as leis de Deus, uma pessoa moça que tem a vida inteira pela frente.

Eduardo começou a rir devagar, depois mais forte, finalmente estava às gargalhadas em plena noite. O homenzinho sem saber o que fazer, intrigado.

— Eu sabia que estava brincando – disse ele mais aliviado.

— Além de velho, imbecil – disse o sobrinho, apontando a arma contra ele. – Vamos andando, quero ver como consegue fazer aveia para o jantar, sem leite e sem açúcar.

Ele caminhava olhando para trás:

— Eduardinho, escondi um pouco de açúcar para você, não pense mal de seu tio, por que esta brincadeira?

Em casa, ele mesmo acendeu o lampião, enquanto o velho botava um pouco de álcool no fogareiro, esperando que a chama esquentasse os dutos, depois começou a bombear devagar, cuidando o rapaz com o rabo do olho.

— Eduardinho, abaixe essa arma, essas brincadeiras nunca dão certo. O diabo sempre bota uma bala na agulha.

O rapaz sentou-se num tamborete e disse com voz pausada e clara, pronunciando as palavras com a boca bem aberta, como um declamador:

— Não tenho certeza da hora, mas juro pela alma da minha mãe que o senhor não vive por mais de 24 horas, se tanto. Estou cansado de ver a sua cara, a sua voz me irrita. Deste momento em diante não quero ouvir uma palavra mais saída dessa boca. O senhor vai ficar mudo, está entendendo? Se disser uma palavra, uma só, eu atiro.

Ele tentou balbuciar qualquer coisa e Eduardo gritou:

— Cuidado: se falar eu atiro!

O velho continuou preparando o mingau, subiu com esforço numa cadeira, remexeu na última prateleira do armário e trouxe de lá um pacote inteiro de açúcar.

— Excelente — disse o sobrinho —, nada como roubar açúcar enquanto os outros não conseguiam um grama para as crianças. Os outros que se danem, não é mesmo? Pois agora vamos, adoce o mingau. Mais açúcar. Mais. Despeje o pacote inteiro. Assim, gosto de aveia com bastante açúcar. Ótimo.

Atirava ou não atirava? Lembrou-se de que o revólver podia estar descarregado, achou-o leve demais. Ele desconfiaria disso? O tio colocou uma tigela sobre a mesa e foi buscar a panela. Eduardo disse:

— Não senhor, duas tigelas.

O velho esboçou um gesto e o rapaz atalhou:

— Cuidado, não quero mais ouvir uma palavra sua. Escute e obedeça. Mais uma tigela, nós dois vamos comer essa paçoca. Não repita que o açúcar lhe faz mal, eu sei disso. Mas se roubou um pacote inteiro é porque deve gostar de açúcar. Agora veja duas colheres. Comece a comer, eu espero. E nem um pio. E de mais a mais, não estou com fome, nem estou gostando da cara dessa aveia; coma também a minha porção. Faço questão de ceder a minha parte para o meu bom e generoso tio, sangue do meu sangue. Ou quer que eu atire?

Ele obedeceu sem levantar a cabeça. Suava de escorrer pela cara, óculos embaciados, as bochechas sacudindo e o irritante barulho da dentadura frouxa.

Ouviram, distante, rumor de vozes. Depois mais perto. Aos poucos o ruído aumentando. Caminhou até a janela sempre apontando o revólver para o velho, dizendo "continue comendo, não pare, quero ver as tigelas limpinhas". Espiou para fora e vislumbrou na rua que dava saída para Cachoeira uma fila interminável de povo, de vez em quando um archote de querosene, tanta gente só poderiam ser os moradores da Baixada. Caminhavam todos em fila indiana, carregando coisas, trouxas, carrinhos de mão, badulaques. Fez sinal para que o tio se aproximasse.

– Venha ver aquela pobre gente da Baixada abandonando a vila. É um espetáculo que o senhor não pode perder, o senhor que sempre odiou aqueles infelizes, que nunca moveu um dedo por eles. Ah, não fale nada. Já avisei que atiro assim que abrir a boca, uma sílaba que seja.

Ficaram os dois na janela por mais de meia hora. Era gente que não acabava mais. Eduardo pensou: pelo menos a noite estava boa e não havia sinal de chuva. Dona Adelaide e os filhos deviam estar no meio deles. As crianças sonolentas, os velhos, os doentes. Quando a serpente humana desapareceu, fechou a janela e empurrou o tio para dentro.

– Vá para o seu quarto, fique lá com seus remédios. Uma lástima que as últimas ampolas de insulina tenham sumido e que as prateleiras da farmácia já estejam vazias. Mas não há de ser nada, uma noite passa depressa. O lampião fica comigo, use luz de vela. Dá no mesmo para quem é míope.

Foi para o seu quarto, deixou o velho sozinho no escuro, ouviu quando ele derrubava cadeiras e banquetas, tentando chegar ao quarto. Eduardo estava se desconhecendo, mas não sentia nenhuma pena do tio. Ele merecia, estava certo disso. Escovou os dentes e disse bem alto "não esqueça a minha promessa. Se der um pio, um ronco, vou aí e acabo com essa carcaça". Silêncio total. Deitou-se e quando sentiu que ia dormir, reagiu e ainda disse:

– Não quero mais ouvir a sua voz, nem nesta noite e nem amanhã. Nunca mais. Lembre-se disto.

X

Quando Eduardo chegou perto do Minuano viu o carroção colonial. Atrelada nele uma parelha de cavalos magros. Dona Zica e o marido carregando coisas. Com a chegada do rapaz suspenderam o trabalho e Seu Zeno disse:

– Bons olhos o vejam. Nós também somos filhos de Deus, vamos embora.

Eduardo entrou, sentou-se numa cadeira da velha mesa central, olhou desolado para as prateleiras vazias, as teias de aranha que já começavam a tomar as traves do teto. Perguntou:

– Vão para onde?

O homem disse que o principal era saírem, depois pensariam aonde chegar, que o negócio era ganharem a estrada e fosse o que os céus quisessem. Dona Zica quis saber se ele e o tio não pretendiam ir embora, "isto aqui não tem mais futuro, meu filho, já sabemos que as águas começaram a ser represadas, dentro de mais algum tempo tudo aqui vai ficar inundado". Eduardo disse:

– Para falar a verdade, ainda não sei. Tio Lucas desde ontem não dá uma palavra, o velho falador de repente emudeceu. Desconfio que está doente.

O dono do bar disse que era justamente quando as pessoas ficavam mais velhas e doentes que falavam mais. Que no fundo era a maneira que achavam de compensar a proximidade da hora depois da qual nunca mais abririam a boca, nem para falar, nem para comer ou beber.

– Sabe – disse o homem –, não podemos demorar muito senão a noite nos pega no meio do caminho.

A mulher perguntou:

– Se não sabe para onde vai, como pode adivinhar onde é o meio do caminho?

Ele disse "cala a boca e ajuda, é melhor para todos". Depois abriu um armário debaixo do balcão e de lá tirou uma garrafa.

– Conhece este conhaque, Eduardinho?

O rapaz examinou o rótulo, fez que sim, um legítimo conhaque português, cinco estrelas, bebida de rico. Seu Zeno ficou algum tempo olhando a garrafa.

– Sabe, sempre guardei este conhaque para abrir no dia em que nascesse o nosso primeiro filho – olhou para a mulher que carregava uma cadeira. – Isso há mais de vinte anos, hein, Zica? Mas Deus não quis, a garrafa foi ficando por aí e agora não temos mais idade para isso. Filho de velho sai lobisomem.

Eduardo agradeceu o presente. Despediu-se, desejando que tudo corresse bem, que fossem felizes, era uma sorte saírem dali. Olhou os cavalos e pensou: não andam dez quilômetros. Saiu e logo depois encontrou João empurrando o seu carrinho de duas rodas, com os instrumentos de trabalho.

– Que eu saiba – disse Eduardo –, o trabalho por aqui está ficando cada vez mais escasso.

— Falou a verdade, menino — disse o coveiro —, o negócio é a gente ir para qualquer lugar onde tenha mais morto para enterrar. Quem é que não gosta de trabalho farto?

Foram os dois, lado a lado, conversando em direção ao cemitério. Entraram, João largou os varais do carrinho, tirou as ferramentas e começou a cavar. Eduardo estranhou:

— Que diabo faz o senhor aí cavando, morreu alguém mais?

— Não se assuste, moço. Pela primeira vez na vida vou fazer uma coisa diferente, vou desenterrar.

Fez uma pausa, cara triste e distante.

— Sabe, quero ir embora, não sou árvore e nem tenho raízes para ficar debaixo d'água. Esta noite me bateu uma tristeza, dessas murchadeiras. Não consegui dormir. Pensei com meu travesseiro: não tenho o direito de sair daqui deixando a Inês neste chão alagado, a pobre tinha um medo danado de morrer afogada, sonhava sempre com o mar que ela só conhecia de gravuras, e sempre acordava aos gritos por causa das ondas de metros de altura. — Continuou: — Pensei, não posso sair daqui sem levar a pobrezinha. Coisa pensada, coisa decidida. Cá estou eu de pé na mão fazendo caridade. Vou levar a Nenê para um morrinho qualquer longe daqui, num lugar onde nunca chegue a água. Só assim vou poder dormir em paz.

Eduardo tentou demovê-lo:

— Acho que o senhor não deve fazer isso, os mortos não sentem mais nada. Tanto faz ficarem debaixo da terra como da água. Eu, se fosse o senhor, não fazia isso.

— Obrigado pelo conselho — respondeu o coveiro —, mas cada um sabe da sua vida e aquilo que eu resolvo de noite, a luz do sol não desfaz.

Prosseguiu cavando sem pressa, com método, decidido. Parava de vez em quando para acender um cigarro de palha ou para cuspir na palma das mãos, retomando o serviço. Eduardo pediu licença. Não queria assistir ao trabalho macabro, uma profanação. Imaginou também que não suportaria o cheiro.

Ao sair, viu na estrada o carroção do dono do bar. Ele e a mulher na boleia, o resto atopetado de quinquilharias. Pensou: muita coisa ali deve ter sido roubada das casas abandonadas. No fundo, o padre Bartolo tinha razão. Há sempre uma maçã podre entre pessoas decentes. Examinou novamente a garrafa que ganhara. De onde teria saído ela? "Comemorar o nascimento do primeiro filho, essa era muito boa."

Voltou para a casa do tio. O velho ainda estava deitado, olhos abertos, coberta puxada até o queixo. Provocou:

– Bom dia, Senhor Lucas, quer me dar uma palavrinha?

O velho olhou apavorado, as lentes embaciadas. Eduardo disse:

– Pessoa míope é sempre disfarçada, a gente nunca sabe o que ela pensa. Não gosto de tipo assim.

Bateu forte na guarda da cama, "pois trate de levantar-se, não há nada para comer. Vai ser preciso vasculhar o casario da redondeza".

Sentou-se numa cadeira e disse que, quando alguém não podia falar, podia pelo menos ouvir. Pois vira a coisa mais engraçada da sua vida, o coveiro desenterrando a mulher para levar o corpo para lugar mais alto e mais seco, achando que era uma maldade deixar a falecida debaixo d'água. Para ele o velho endoidara. Todos os velhos haviam enlouquecido, inclusive aqueles que ficavam na cama em pleno dia, com o sol estourando lá fora. Falou rindo.

— É claro que o meu querido tio não opina porque perdeu o dom da fala. Em outras palavras, resolveu viver um pouco mais. Pois trate de levantar-se, saia por aí, procure no armazém, no empório, naqueles casebres da Baixada, na casa da professora, no casarão do subprefeito, descubra. Enquanto isso vou dar uma volta, vou visitar o padre. Sabe lá o que o santarrão não anda escondendo na sua despensa. Padre não se descuida da munição de boca enquanto a hora do céu não chega.

Da sala gritou:

— Trate de sair da cama e bico calado. Isso é muito importante para quem não quer receber um tiro na cara.

O padre Bartolo não estava na igreja, nem na casa paroquial. Tudo fechado. Foi encontrá-lo no cinema, às voltas com a maquineta de projeção. Eduardo disse:

— Há pouco eu dizia para o João que todo mundo nesta terra está ficando maluco e agora estou vendo que tinha razão. Pretende ainda passar um cineminha para as almas penadas de Abarama?

Padre Bartolo dava a impressão de não ouvir nada. Prosseguia mexendo nas engrenagens com as suas mãos tisnadas de grilo. Depois, sem virar a cabeça, falou com voz rouca:

— Meu filho, prometi a mim mesmo assistir ao filme que tenho aqui comigo. Fiz uma promessa neste sentido. Se não tiver ninguém que pague entrada, então assisto sozinho. Dá no mesmo.

— Mas, padre — retrucou Eduardo —, o gerador está parado há mais de duas semanas e, pelo que sei, sem energia não pode haver cinema.

— Fique tranquilo, meu jovem, não esqueci nenhum detalhe. O gerador já está bom e temos combustível para uma noite inteira. A noite de hoje.

Só então largou o que estava fazendo, virou-se para Eduardo, disse em voz baixa, quase sussurrando:

— Não devia ter permitido que o coveiro desenterrasse a mulher, isso é um sacrilégio, atenta contra os princípios cristãos, além de ser uma desumanidade.

— E se sabia disso — respondeu Eduardo —, por que não foi lá impedir o sacrilégio?

— Está vendo o motivo — respondeu o padre —, se deixo isso aqui para evitar essas coisas, terminamos sem o cinema, sem luz, sem nada.

— Mas é sua obrigação, padre.

— E que sabe o menino a respeito das obrigações dos padres?

Eduardo concordou, não sentia a menor disposição para discutir com o velho. Quis saber, com jeito, se na casa paroquial não ficara alguma coisa para comer. Andara por toda parte, entrara até em casas particulares. O próprio tio procurava algo para o estômago. O padre pensou, na verdade não se lembrava de nada, a não ser de uma manta pequena de charque que ficara dependurada nos varais do quintal da sua casa, por estar verde demais. Mas duvidava muito que lá estivesse. O povinho foi desaparecendo, cada um levando o que não era seu, justificando que a porta aberta foi feita mesmo para um vivente entrar. O padre falou colérico, de repente:

— Se quer saber a verdade, todos uns ladrões.

Voltou a mexer nas engrenagens, fios, lâmpadas e lentes. Por fim exclamou:

– Tudo pronto, meu filho. Está desde agora convidado para a sessão de cinema de hoje à noite, oito horas. Vai ser uma sessão histórica para Abarama, pois amanhã mesmo pretendo ir para Cachoeira e de lá para a capital. A igreja vai saber escolher um bom lugar onde estejam precisando de mim. Onde ainda se possa servir com fé e humildade a Jesus Cristo Nosso Senhor.

Desceram os dois da cabine, uma espécie de jirau rústico. Passaram por entre as cadeiras soltas da pequena plateia. O padre parou, botou a mão sobre o ombro de Eduardo:

– Que maldade, meu filho, proibir seu tio de falar e ainda por cima debaixo de ameaça. Quanta coisa o pobre homem ainda teria para dizer antes de morrer. De vez em quando chego a não entender mais os moços.

– Quem lhe contou isso?

– Ele não foi – respondeu o padre –, pois sabe muito bem que não pode falar mais.

Fez o sinal da cruz, pediu a Deus que o perdoasse, confessando que ultimamente muita coisa carecia de explicação, mesmo assim nunca se poderia dizer que fosse obra do diabo. Era dar muita importância à força do capeta.

Saíram calados. Eduardo chutando pedrinhas soltas, o padre no seu vício de esfregar as mãos tentando limpar a tisna que nunca mais desgrudara desde aqueles dias da praga. Encontraram o charque intocado. Estava seco, sem sinal de bicho.

– Falei sem razão, ninguém me roubou. E quem ia roubar se a gente da Baixada foi toda embora? Se não há mais desordeiros em Abarama? Escuta, prepara a comida aqui mesmo, traz o Seu Lucas, vai ser a minha despedida.

Ao meio-dia os três comiam juntos. Eduardo assara o charque, o velho Lucas descobrira um pouco de arroz, haviam aberto a garrafa de conhaque. Padre Bartolo bebia fechando os olhos, dizendo:

– Nem vinho de missa, que Deus me perdoe. Mas a verdade acima de tudo, a verdade agrada aos céus. O senhor acha o mesmo, Seu Lucas?

O velho fez que sim com a cabeça, olhando temeroso para o sobrinho que fingia indiferença.

– Uma novidade – disse o padre de boca cheia. – O Alípio da funerária foi embora.

– Engraçado – comentou o rapaz –, para mim o velho Alípio estava morto desde a Guerra do Paraguai e só esperava uma oportunidade para entrar pelos próprios pés na sua sepultura.

– Pois foi embora esta madrugada, bem vivo, dizendo que estava seguindo para Santa Maria, onde tem uma filha casada com um italiano, dono também de uma funerária. Vai ter onde trabalhar, o pobre.

– Vai trabalhar pouco – disse Eduardo. – Boa-Morte já anda pela casa dos 75.

– Um momento – atalhou o vigário –, tenho a mesma idade e nem por isso acho que me reste pouco tempo pela frente. Me sinto mais forte do que muito menino por aí.

Eduardo pediu desculpas, não era bem aquilo que pretendera dizer, referia-se à saúde do outro, homem desgastado pela miséria e pelas doenças. Virou-se para o tio: "Se bem que as doenças nem sempre matam uma pessoa. Às vezes até conservam para que possam espalhar o mal pela face da terra." O padre disse que pretendia viver muitos anos e que Deus saberia esperar pelos justos. Eduardo levantou o copo:

— Vamos brindar pela sua saúde, com votos para que viva o dobro.

— Não – protestou o padre depois de beber o seu gole –, me contento com mais cinco anos para cumprir minha missão entre os homens.

Eduardo levantou a garrafa contra a luz da rua. Constatou que estava pela metade. Recolocou a rolha, informando que pretendia ir para casa sestear um pouco, queria estar sem sono na hora do cinema. O velho Lucas arregalou os olhos. O padre notou, bateu nas costas dele.

— É verdade, o senhor não foi avisado, mas hoje à noite vamos ter a última sessão de cinema em Abarama, uma sessão só para nós três. Um filme edificante que eu recebi para a Semana Santa do ano passado.

Falou numa sessão de honra, depois da qual ia fechar as portas do cinema, não levaria nada, nem tinha como. As águas guardariam tudo aquilo no seu seio. Se o governo entendia assim, tinha razão, seus homens eram os mais esclarecidos, assim entendia a igreja. Que fossem sestear, o dia estava propício. Ele faria o mesmo. Esperou que o velho Lucas recolhesse a sua bateria de vidros de remédio, acompanhou os dois até a saída e fechou a porta. Ouviu que Eduardo o chamava, abriu uma fresta, meteu a cabeça.

— Padre, até hoje estou curioso por saber o que dizia aquele aviso do coronel Hilário pregado na porta da subprefeitura, naquele dia. O que podia ser de tão importante?

O padre coçou a cabeça, chupou os poucos dentes e ficou por algum tempo de cara enfarruscada. Disse que até já havia esquecido aquele aviso. Boa coisa não teria sido. O subprefeito não era homem de escrever duas linhas e justamente depois daquela conversa com os homens da barragem. O desastre maior tinha sido aquela chuva, chegada sem mais nem menos, a propósito para apagar a tinta fresca das letras.

— Importa muito isso para o meu filho?

— Não, estava só curioso. Nem sei por que me lembrei disso agora. Vá descansar. Até logo mais, no cinema.

Eduardo chegou primeiro. Abriu a porta, esperou que o tio entrasse, fazendo mesuras à sua passagem. Foi com ele até o quarto. Ordenou que ficasse ali contando os seus últimos comprimidos. Remédio não adiantaria muito, ele estava cada vez pior. Disse que iria dormir e não queria ser incomodado. Que o tio não tentasse nada, tinha o sono leve, qualquer ruído o acordaria.

— E não tente fugir, não vai longe, tem as pernas curtas.

Entrou no seu quarto, encostou a porta e ainda escutou, por algum tempo, o ruído dos vidros manipulados pelo tio. Debaixo do travesseiro, o revólver.

À noite, os dois estavam sentados na plateia do pequeno cinema, no escuro, esperando que o padre botasse o gerador a funcionar. De repente as lâmpadas se acenderam, a princípio muito fracas, como velas. Depois foram recebendo mais energia, clareando, até se estabilizarem. Assim vazia, a sala metia medo. Eduardo imaginou que as demais cadeiras estariam ocupadas por fantasmas; o velho Torquato com Dona Madalena. O Dr. Euríclides com Zoraide. Vidal com Dona Zica. Dona Enedina, a professora. O padeiro com Dona Maria e os três filhos. Cidinha e Alfredo. O farmacêutico Fortunato, o Paulinho Pereira com a mulher. Alguns negros da Baixada, os moleques carregando seus tabuleiros. A seu lado, Edmundo Pescador. O filho dele, Bruno. Zoraide olhando para trás, angustiada. A voz do tio falando com seu pai: "Juca, esse rapaz não escolhe as companhias, anda com essa gentinha da Baixada, isso um dia termina mal, quem avisa amigo é". Mas agora o tio estava ali do seu lado, mudo, mastigando a dentadura. Logo ele que tanto gostava de falar da vida alheia, que não perdia vaza para maledicência.

O vigário entrou, esbaforido:

– Não dizia que eu botava a coisa a funcionar? Tanto tempo parada, até ferrugem havia.

Caminhou para o jirau, "agora o filme, vamos a ele, finalmente". Eduardo perguntou pelo nome, o padre disse "*Ben-Hur*, mas numa cópia nova".

– Mas esse filme eu já vi – disse Eduardo aborrecido.

O padre disse que era tão bom que valia a pena ver de novo. Pediu que aguardassem um momento. Subiu a escadinha, ficou lá algum tempo mexendo na máquina. Apagou as luzes, ouviu-se um ruído mais forte, a tela clareou, apareceram números e letras, só depois começou o filme. Mas pela metade, não era o começo, aquela apresentação de sempre, os letreiros. Eduardo alertou, o rolo estava trocado. Lá de cima o padre respondeu que era verdade, havia colocado a terceira parte, mas não daria mais para destrocar, demoraria muito. Ficaram olhando sem entender nada. O velho Lucas a mexer-se inquieto na cadeira. Não havia som, só o barulho de cremalheira da máquina rodando. Os homens antigos corriam nas suas bigas, fogosos cavalos em belas estradas margeadas de grandes árvores; depois um combate violento entre milhares de soldados, escudos, espadas e lanças. Eduardo disse "assim, sem o som, parece filme de pesadelo, coisa morta". Quando surgiu um grande lago, o rapaz disse alto para o padre ouvir:

"Parece Abarama, depois de fechada a barragem". O padre respondeu:

— Já fecharam há duas semanas, meu filho.

Então houve um estalido forte da máquina e tudo parou, mergulhando a sala na escuridão. O padre soltou uma praga.

— É muito azar, rebentar a fita depois de tanto sacrifício.

Às luzes se acenderam, o velho Lucas lutava contra o sono, padre Bartolo veio sentar-se ao lado deles. Disse para Eduardo:

— Agora, quando eu vinha para cá, depois de ligar o gerador, passei pela casa do velho Pepinho. Achei a porta aberta e o pobrezinho na cama, morto, com a flauta entre as mãos de múmia. Por fim, descansou. Será que vale a pena enterrar o infeliz?

Eduardo disse "não sei, faça o que achar melhor". Nesse momento as luzes se apagaram. O padre disse:

— Aconteceu alguma coisa com o gerador, eu bem que desconfiava.

Começaram a abandonar a sala, tropeçando nas cadeiras, tateando, até alcançarem a porta da rua. Lá fora, também, era só treva.

— Padre, não adianta insistir, o gerador enguiçou.

— Também acho. Agora, só nos resta dormir. Vamos nos despedir de verdade, esta madrugada vou embora, estou com as minhas coisas prontas, a mula atrelada. É só ganhar a estrada.

Depois disse que não entendia por que os dois queriam ficar, não havia mais nada, os que não morreram foram embora, mais algumas semanas e a água estaria chegando na altura dos bancos da praça. Um engenheiro havia dito que de Abarama iria ficar de fora apenas a torre da igreja, a parte do sino. Eduardo concordou com ele. O negócio era irem embora. O tio não dizia nada, mas Eduardo percebeu que ele estava nervoso e às vezes grunhia, dando a impressão de estar com febre. Apertou a mão negra do padre:

– Felicidades, que tudo corra bem.

O padre ainda apertou a mão do velho Lucas e desapareceu na noite. Os dois começaram a caminhada para casa. Ouviram um som fino e suave, um som de vento atravessando galhos de árvores.

– Deve ser o velho Pepinho tocando a sua flauta – disse Eduardo retomando o caminho.

XI

Bateu de leve no ombro do tio, pensava que ele ainda estivesse dormindo. O velho sem enxergar. Estava sem óculos, o quarto em penumbra.

– Sete horas. Antes de viajar precisamos sair por aí para arranjar alguma coisa de boca.

O velho tateou a mesinha de cabeceira; encontrou o par de óculos, colocou-o com dificuldade. Pegou papel e caneta. Escreveu "na despensa da tua casa". Eduardo leu.

– Não senhor, nada disso, ninguém mais entra naquela casa. Papai pode andar por lá, ele nunca foi encontrado, tenho as minhas dúvidas.

O tio fez uma cara de espanto.

– E depois tive uma ideia, uma ideia genial – disse Eduardo, batendo na testa com a palma da mão: – Nem sei como não me ocorreu antes!

O tio escreveu "que ideia?". Eduardo abriu os postigos da janela. Havia um forte nevoeiro, não se via o outro lado da rua. Disse:

– Quando amanhece assim é sinal de muito sol depois do meio-dia. Ah, sobre a ideia que tive, depois falamos.

O tio rabiscou com letra tremida "se quer pescar com nevoeiro, é loucura". O rapaz riu, "o senhor sempre vivo e inteligente. Às vezes penso que nunca cheguei a conhecê-lo bem. Foi uma lástima".

– Pois vamos pescar, sim senhor. Vamos ter comida fresquinha, relembraremos aqueles bons tempos passados no meio do rio. Óleo para fritura eu sei que se arranja.

"Não tem anzol, linha", escreveu o velho. O rapaz respondeu:

– Na casa de Edmundo Pescador, em qualquer outra casa da Baixada. Lá tem tudo; caniço, linha, anzóis, tarrafas. Pega-se qualquer canoa, quanto a isso não vai haver problema.

Esperou que o tio se aprontasse, viu as suas coisas, botou o revólver no bolso da calça, abriu a porta:

– Primeiro os que já viveram demais.

Caminhavam como dois desconhecidos, distanciados pela névoa. Era tudo um grande deserto. A maioria das casas de portas abertas, a delegacia, a igreja como um mausoléu desfocado, Eduardo pensou "onde andará, a essas horas, o padre Bartolo e a sua mula, boa figura não andará fazendo pela estrada, vão achar que é lobisomem; o arcebispo achará um lugar digno para tão grande vocação". Apressou o passo só para ver o tio saltitar tentando acompanhá-lo, quase correndo, respirando com dificuldade, às vezes acenava desesperado. Então Eduardo fazia uma breve pausa. Disse:

– Fôlego curto é resultado da doença. Falta de insulina é um problema grande. Mas não economize, não precisará de ar por muito tempo, a vida é breve, gente melhor já passou desta para o reino de paz e de tranquilidade.

Caminharam assim até a Baixada. O casario abandonado, tudo em ruínas, os estreitos caminhos atravancados de bugigangas deixadas pelos retirantes. Depois, na frente do casebre de Edmundo Pescador, olharam para dentro da porta semiaberta. Eduardo entrou devagar, tinha a impressão de estar invadindo casa alheia, como se fora um ladrão. Em tudo a presença do velho. Sobre a mesa de canto a sereia de vidro verde. Quando voltou – rede, caniço e linhas na mão – notou que o tio havia sentado numa pedra, afogueado, respirando com dificuldade.

– É só cansaço ou medo também?

O velho tirou do bolso o papel onde já havia escrito as outras coisas: "Não quero falar. Filho do meu irmão seria criminoso". Eduardo disse "muito obrigado, tio, sempre admirei o seu grande coração, foi sempre muito generoso". Mostrou o que havia trazido, dividiu os petrechos com ele.

– Vamos andando, meu caro pescador, o barco vai ser pequeno para carregar tanto peixe de volta. O rio agora é só nosso, estamos ricos.

Chegaram à margem, lá estava um caíque carcomido. Eduardo jogou dentro dele o que trazia nas mãos e foi desatar a corda que o prendia num espeque. O velho parou, os olhinhos girando nervosos atrás das lentes, estava quase abrindo a boca para dizer que não embarcaria naquilo, uma canoa de índio. O rapaz tirou o revólver do bolso, ficou balançando a mão como se quisesse avaliar o peso da arma e perguntou:

– Está com medo de andar de barco? Ah, já sei, o senhor não sabe nadar, é isso. Fique tranquilo, esses barcos são muito seguros e o rio é um espelho, dentro em breve isto vai ser um lago.

Havia um velho trapiche quebrado, outros barcos semiafundados, tábuas de lavar roupa abandonadas, alguns trastes. Leram no caíque: "Abarama II". Eduardo recolheu remos das redondezas e disse para o tio:

– Entre logo, não podemos perder tempo, com sol não se pesca nada.

Agarrou o velho pelo braço, ajudando-o a entrar. Impediu que caísse n'água quando o barco adernou, inseguro. Fez com que sentasse na proa, onde ficou teso, agarrado nas bordas, unhas penetrando na madeira apodrecida.

– Fique quietinho, não há perigo, eu nasci marinheiro. Só que perdi a minha vida fazendo outras coisas.

O barco começou a flutuar com dificuldade. Eduardo pegou dos remos e começou a forcejar impedindo que fossem levados pela correnteza, embicando para a margem oposta com fortes remadas. No meio do rio tirou os remos da água, alcançou-os para o velho:

– Agora trate de manter o barco no mesmo lugar.

O homenzinho suava, não conseguia sincronizar as remadas. A embarcação, adernando perigosamente, começava a ser carregada de lado. Eduardo dando ordens aos berros. Primeiro raivoso, depois mais calmo, por fim rindo, disse:

– O comandante agora é o senhor, se houver algum desastre será o único culpado. Para mim tanto faz pescar aqui como dois ou dez quilômetros abaixo. Faça o que achar melhor.

Preparou a tarrafa, prendeu uma das pontas nos dentes e deu o primeiro lance que nem chegou a abrir. Recolheu-a e preparou tudo de novo, conseguindo formar o leque. Puxou, trazia peixes pequenos que escaparam logo pelas malhas grossas.

— Sabe de uma coisa? Tarrafa não adianta. Vou experimentar com linha e garateia.

Iscou as pontas dos anzóis com sobras do charque.

Viu que o velho botava a alma pela boca, ameaçando virar o barco toda vez que deixava o remo escapar de dentro d'água.

Eduardo gritou:

— Me dê aqui esses remos, estamos fazendo papel de imbecis nesse rio.

Voltou a remar com vigor, rio acima, até chegar à altura do velho trapiche em ruínas. Devolveu os remos:

— E agora trate de manter a posição. Que diabo, nem para isso o senhor presta.

Ouviram nitidamente, então, o sino da igreja. O mesmo som de antigamente. Batidas compassadas de funeral. Eduardo farejou o ar nevoento:

— Dizer que o padre Bartolo voltou não passa de bobagem, mas nunca ouvi sino tocar sozinho. A não ser que ele tenha morrido na estrada e isso seja um aviso.

Voltou a tratar das iscas, recomendando ao tio que tratasse de manter a posição. Disse:

— Até que está melhorando. Prometo que quando chegar a Porto Alegre vou direto à chefia da Viação Férrea recomendar o seu nome para uma merecida promoção. Pode ir para Rio Pardo, quem sabe até comandar as manobras de Ramiz Galvão. Ou Santa Maria, o que para qualquer ferroviário é a glória. Continue remando se quiser as promoções. Este Jacuí não é de brincadeira.

Examinou bem as iscas, reforçando os pesos de chumbo. Girou a ponta da linha sobre a cabeça e fez o lançamento. Ela cantou no ar e ouviu-se logo depois o baque da chumbada n'água. Esticou, a linha foi invertendo de posição. Ficou retesada no sentido da correnteza. Atento, apoiou a linha no dedo indicador para sentir melhor a fisgada, olhando para o tio, que começava a desesperar.

Com naturalidade, Eduardo meteu a mão no bolso e tirou o pequeno revólver prateado. Enquanto segurava a linha esticada, ia falando, rememorando. Disse "as coisas terminam acabando num dia qualquer, mas há em tudo o dedo de Deus, mesmo nas coisas mais sujas. Veja, por exemplo, a Zoraide. Acabou humilhada nas mãos daquele porco de colarinho e gravata que não sentiu vergonha de voltar e levar a mulher como estava, nua. E com ela desfilar pelas ruas, na certa pedindo perdão pelo que não havia feito. Sabe, às vezes chego a pensar que não conheço nada sobre gente. Veja o padre Bartolo. Um homem instruído, afinal, tinha lá o seu seminário, confinado neste lugarejo miserável, cuidando mais do cineminha do que das obrigações cristãs. O próximo, para ele, que se danasse. O velho Pepinho, veja, um outro tipo. Talvez nem ele mesmo soubesse por que estava no mundo. O senhor, por exemplo. Sempre tão preocupado com a moralidade alheia, a levantar suspeitas sobre todas as mulheres, sempre a mentir, a caluniar. E depois indo para casa dormir o sono dos justos, largando a suspeita na porta dos outros".

Sentiu um primeiro puxão na linha. Recolheu alguns metros, esperou, puxou um pouco mais e nada.

– Este escapou – disse para o tio –, mas outros estão condenados. Claro, me refiro a outros tipos de peixe, desses com barba na cara, óculos e diabetes. Peixes que nem sabem nadar.

Fez uma pausa cuidando da linha.

— O senhor bem sabe que poderia falar agora. Veja, estou com a arma na mão. Vai ser uma coisa muito fácil. Olhe o sol, mais um pouco e não haverá nevoeiro.

Disse que não tinha pressa, se dependesse dele passaria o resto do dia no meio do rio, entraria pela noite, moraria em cima d'água. Não sentia fome nem sede, nem sono. Na verdade, prosseguiu, o único empecilho para atingir o que queria era estar dentro de um barco tão pequeno e tão inseguro; o menor descuido e viraria como uma folha seca. Um mau jeito no corpo, um desequilíbrio qualquer e lá se ia o barquinho sem idade, herói de tantas pescarias.

— Bem, o senhor não sabe nadar, é verdade.

O tio sacudiu a cabeça negativamente, angustiado, com os olhinhos querendo atravessar as lentes, tremendo com o corpo todo.

Eduardo sentiu uma fisgada violenta, a linha a correr de um lado para outro, até que perdeu o equilíbrio, caindo de costas sobre a popa frágil. E dali para a água, virando o barco. O velho bateu n'água esparramado. Afundou, retornando a seguir, já sem óculos, boca aberta em busca de ar, tentando agarrar-se na canoa que flutuava de borco. Olhos esgazeados, olhando sem ver. Eduardo nadava em redor. Viu a canoa sendo levada pelas águas, o tio afundando mais algumas vezes para depois mergulhar lentamente. Eduardo acompanhando com os olhos a sombra escura que se afastava, até desaparecer totalmente. Jogou o revólver na mesma direção e começou a nadar até atingir a margem. Ficou deitado por algum tempo. Pensou: "Foi um acidente, pobre tio Lucas, com aquela idade sem nunca haver aprendido a nadar, uma coisa que qualquer moleque da Baixada aprende aos quatro anos".

Levantou-se, céu azul sem nuvens, sol ofuscante. Começou a voltar para casa, precisava trocar de roupa, talvez dormisse durante o resto do dia.

Estacou, novamente o apito de trem. Sim, era o trem que se aproximava, talvez o último. Uma distante fumaça no horizonte. Apressou o passo, precisava correr. Não podia perder aquele trem, era a sua única chance de sair dali, de livrar-se de tudo aquilo.

Entrou pela porta dos fundos, procurou no armário uma muda de roupa seca, despindo as calças e a camisa encharcadas. A roupa molhada formou um pequeno monte vertendo água no assoalho do quarto. Ouviu novamente o apito do trem, agora bem mais perto. Saiu apressado, nem sequer bateu a porta.

Tudo fechado na estação. O vento havia acumulado papéis e folhas secas pelos cantos. O relógio de números romanos ainda com os ponteiros parados.

Sentou-se num banco de ferro com as travessas de madeira podre. Queria descansar um pouco. Mais alguns minutos e surgiria o trem na curva da ponte. Aguçou o ouvido, ainda não escutava o resfolegar da locomotiva e nem via a sua negra fumaça expelida pela chaminé. Só o apito, como um longínquo pedido de socorro.

Notou que alguém estava sentado no banco ao lado. Era Ondina, vestida de noiva. Ela ainda não havia ido embora. Mas esperando o quê?

Um jipe escuro rodava pelo lado dos trilhos, dentro dele alguns homens vestidos de cáqui. Quando chegou mais perto um deles gritou:

– Precisa de alguma coisa, moço?

Viu logo que era gente da barragem, os engenheiros. Fez um gesto com a mão, que fossem tratar de suas vidas. Ele queria apenas embarcar no trem que se aproximava e do qual ouvia o apito, próximo, agudo, forte, angustiante. Dentro dele se acomodaria num dos bancos de palhinha amarela, cabeça num bom travesseiro. Dormiria dias seguidos. Encostou a cabeça na parede, fechando os olhos. Era como se estivesse sentindo o chocalhar do vagão, o rascar das rodas nos trilhos. Alguém tornava a gritar, de longe:

– Você não vai sair daí? O último trem passou faz muito tempo.

"Mentirosos, me deixem em paz", balbuciou como se falasse para dentro. "Canalhas, seus porcos imundos." Tateou os bolsos procurando cigarro. Estava com uma vontade danada de fumar. Não encontrou nada. Quem sabe o bar estaria aberto? Mas não tinha ânimo para andar, falar com alguém. Queria apenas dormir. Não conseguia vencer o sono. O mesmo se passava com a pobre da Ondina no seu vestido branco. Procurou acomodar-se no banco duro. Estava certo de que ia acordar assim que o trem chegasse com o seu ranger de ferros.

Se não acordasse, tio Lucas o chamaria.

Sobre o autor

Josué Marques Guimarães nasceu em São Jerônimo, no Rio Grande do Sul, em 7 de janeiro de 1921. No ano seguinte sua família mudou-se para a cidade de Rosário do Sul, onde seu pai, um pastor da Igreja Episcopal Brasileira, exercia as funções de telegrafista. Após a Revolução de 30, sua família foi para Porto Alegre, onde Josué Guimarães prosseguiu os estudos primários, completando o curso secundário no Ginásio Cruzeiro do Sul, mesma escola onde estudou o escritor Erico Verissimo.

Em 1939 foi para o Rio de Janeiro onde, no *Correio da Manhã*, iniciou-se na profissão de jornalista que exerceria até o final da sua vida. Com a entrada do Brasil na Segunda Guerra, voltou para o Rio Grande, onde concluiu o curso de oficial da reserva, sendo designado para servir como aspirante no 7º R.C.I. em Santana do Livramento. Alistou-se como voluntário na FEB (Força Expedicionária Brasileira), mas foi recusado por ser casado. De volta à imprensa, segue na carreira que o faria passar pelos principais jornais e revistas do país. Trabalhou em inúmeras funções, de repórter a diretor de jornal, passando por secretário de redação, colunista, comentarista, cronista, editorialista, ilustrador, diagramador e repórter político.

Quando morreu, em 1986, era o diretor da sucursal da *Folha de São Paulo* em Porto Alegre. Atuou como correspondente especial no Extremo Oriente em 1952 (União Soviética e China Continental) e de 1974 a 1976 como correspondente da empresa jornalística Caldas Júnior em Portugal e na África.

Como homem público foi chefe de gabinete de João Goulart na Secretaria de Justiça do Rio Grande, governo Ernesto Dornelles; foi vereador em Porto Alegre pela bancada do PTB, sendo eleito vice-presidente da Câmara. De 1961 até 1964 foi diretor da Agência Nacional, hoje Empresa Brasileira de Notícias, a convite do então presidente João Goulart. A partir de 1964, perseguido pelo regime autoritário, foi obrigado a escrever sob pseudônimo e a dar consultoria para empresas privadas nas áreas comercial e publicitária.

Josué Guimarães lançou-se tardiamente – aos 49 anos – no ofício que o consagraria como um dos maiores escritores do país. Seu primeiro livro foi *Os Ladrões*, reunindo contos, entre os quais o conto que dá nome ao livro, premiado no então importante Concurso de Contos do Paraná (este concurso promovido pelo Governo do Paraná foi, nas décadas de 1960 e 1970, o mais importante concurso literário do país, consagrando e lançando autores como Rubem Fonseca, Dalton Trevisan, João Antônio, além de muitos outros).

Sua obra – escrita em pouco menos de 20 anos – destaca-se como um acervo importante e fundamental. Democrata e humanista ferrenho, Josué Guimarães foi sistematicamente perseguido pela ditadura e os poderosos de plantão, mantendo uma admirável coerência que acabou por alijá-lo do *meio cultural* oficial. Depois de Erico Verissimo é, sem dúvida, o escritor mais importante da história recente do Rio Grande e um dos mais influentes e importantes do país. *A ferro e fogo I* (Tempo de solidão) e *A ferro e fogo II* (Tempo de guerra) – deixou o terceiro e último volume (Tempo de angústia) inconcluso – são romances clássicos da literatura brasileira e sua *obra-prima*, as únicas obras de ficção realmente importantes que abordam a saga da colonização alemã no Brasil. A tão sonhada trilogia, que Josué não conseguiu concluir, é um romance de enorme dimensão artística, pela construção de seus personagens, emoção da trama e a dureza dos tempos que como poucos ele soube retratar com emocionante realismo. Dentro da vertente do romance histórico, Josué voltaria ao tema em *Camilo Mortágua*, fazendo um verdadeiro *corte* na sociedade gaúcha *pós-rural*, inaugurando uma trilha que mais tarde seria seguida por outros bons autores.

Seu livro *Dona Anja* foi traduzido para o espanhol e publicado pela Edivisión Editoriales, México, sob o título de *Doña Angela*. Por ocasião dos eventos que lembraram os 80 anos do autor foi publicado postumamente o livro de viagens *As muralhas de Jericó*, sobre sua experiência da China e União Soviética nos anos 50.

Deixou quatro filhos do primeiro casamento e dois filhos do segundo. Morreu no dia 23 de março de 1986.

Obras publicadas:

Os ladrões – contos (Ed. Forum), 1970
A ferro e fogo I (Tempo de solidão) – romance (Sabiá/ José Olympio, 1972; L&PM EDITORES, 1978)
A ferro e fogo II (Tempo de guerra) – romance (José Olympio, 1975; L&PM EDITORES, 1979)
Depois do último trem – novela (José Olympio, 1973; L&PM EDITORES, 1979; L&PM POCKET, 1997)
Lisboa urgente – crônicas (Civ. Brasileira, 1975)
Os tambores silenciosos – romance (Ed. Globo – Prêmio Erico Verissimo de romance), 1976 – (L&PM EDITORES, 1991)
É tarde para saber – romance (L&PM EDITORES, 1977; L&PM POCKET, 2003)
Dona Anja – romance (L&PM EDITORES, 1978; L&PM POCKET, 2007)
Enquanto a noite não chega – romance (L&PM EDITORES, 1978; L&PM POCKET, 1997)
Pega pra kaputt! (com Moacyr Scliar, Luis Fernando Verissimo e Edgar Vasques) – novela (L&PM EDITORES, 1978)
O cavalo cego – contos (Ed. Globo), 1979, (L&PM EDITORES, 1995; L&PM POCKET, 2007)
Camilo Mortágua – romance (L&PM EDITORES), 1980
O gato no escuro – contos (L&PM EDITORES, 1982; L&PM POCKET, 2001)
Um corpo estranho entre nós dois – teatro (L&PM EDITORES, 1983)
Garibaldi & Manoela (Amor de Perdição) – romance (L&PM EDITORES, 1986; L&PM POCKET, 2002)
As muralhas de Jericó (Memórias de viagem: União Soviética e China nos anos 50) – (L&PM EDITORES, 2000)

Infantis (todos pela L&PM Editores):

A casa das quatro luas – 1979
Era uma vez um reino encantado – 1980
Xerloque da Silva em "O rapto da Doroteia" – 1982
Xerloque da Silva em "Os ladrões da meia noite" – 1983
Meu primeiro dragão – 1983
A última bruxa – 1987

lepmeditores

www.lpm.com.br
o site que conta tudo

Impresso na Gráfica BMF
2021